品读白居易

主　　编　祁万青

编写人员　张意涵　李　更　张功臣　何文倩

李　芳　赵广军　王兴生　郭素英

山东大学出版社

·济南·

图书在版编目(CIP)数据

品读白居易/祁万青主编.—济南:山东大学出版社,2021.1(2023.12 重印)

ISBN 978-7-5607-6854-0

Ⅰ.①品… Ⅱ.①祁… Ⅲ.①白居易(772-846)—人物研究 ②白居易(772-846)—唐诗—诗歌研究 Ⅳ.①K825.6 ②I207.22

中国版本图书馆 CIP 数据核字(2020)第 270471 号

策划编辑 祝清亮
责任编辑 刘森文
封面设计 乔传萍

出版发行 山东大学出版社
社　　址 山东省济南市山大南路 20 号
邮政编码 250100
发行热线 (0531)88363008
经　　销 新华书店
印　　刷 山东和平商务有限公司
规　　格 720 毫米×1000 毫米 1/16
　　　　 12.25 印张 2 插页 127 千字
版　　次 2021 年 1 月第 1 版
印　　次 2023 年12月第 3 次印刷
定　　价 58.00 元

白居易像（载明本《唐名臣像》，故宫博物院藏）

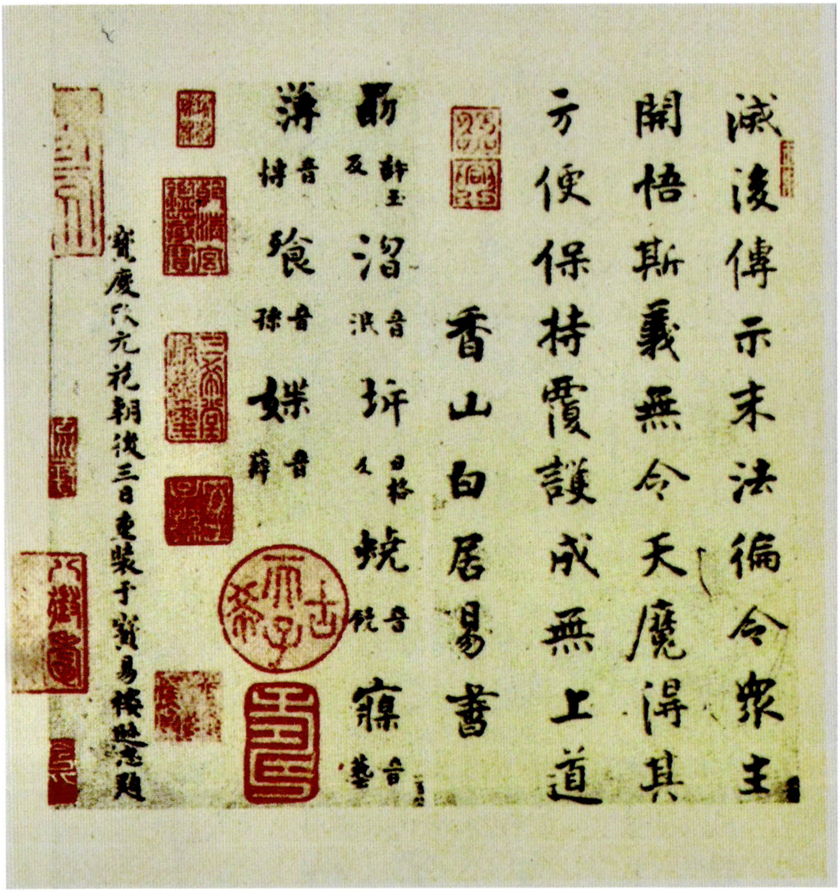

白居易手写《楞严经》墨迹

洛阳香山寺

洛阳伊河

洛阳龙门石窟

洛阳琵琶峰白居易墓

序

应山东曹县祁万青先生之邀，作为白居易的后人——中国洛阳白居易研究会会长，笔者非常高兴为弘扬中国传统文化的《品读白居易》一书作序。

白居易是享誉世界的文化伟人，是中华民族的先贤和哲人。他的诗歌辞赋等存世的文字作品千古流芳，熠熠生辉。

白居易出生于河南新郑，其祖上四代久居洛阳，高祖白鳞曾在武则天朝为官，并安家于洛阳。

白居易曾分别在杭州和苏州任刺史，并在洛阳履道里买下宅院安家，至逝世前十八年一直居住在那里。白居易有一子早夭，其弟白行简之子过继给他，今洛阳有其后裔三万多人。

祁万青先生主编的《品读白居易》一书共分七个部分，即白居易的家世，白居易的爱情故事，白居易的仕途，白居易的交友,《长恨歌》的虚与实,《琵琶行》等诗歌的艺术魅力,白居易其人其诗的启示等,可谓构思精巧,布局合理。

翻阅此书,给读者最深的印象是,本书以新旧唐书为基础,尊重历史事实,把握历史重大事件,抓住"品读"这个关键,让读者品味到白居易诗作字里行间散发的醇香;写作方法新颖独特,品读深入透彻,分析条理有据,启示意味深长。

祁万青先生在人事部门工作三十余年,在文学写作方面有很好的功底,先后在杂志、报纸上发表文章近百篇。他钟情于中国古诗词研读,特别是对白居易诗词情有独钟。《品读白居易》一书以优美的文采、生花的妙笔,详述了白居易一生的故事,为读者提供了独特的文化食粮,为弘扬中华民族的优秀传统文化增了光、添了彩。作为一名党政干部,能在工作之余,静下心来品读白居易其人其诗,着实可贵,谨此,深表钦敬!

中国洛阳白居易研究会会长　白振修

2020 年 6 月 9 日

前　言

习近平总书记在要求学习中国优秀传统文化时指出："优秀传统文化是一个国家、一个民族传承和发展的根本，如果丢掉了，就割断了精神命脉。""古诗文经典已融入中华民族的血脉，成了我们的基因。我们现在一说话就蹦出来的那些东西，都是小时候记下的。语文课应该学古诗文经典，把中华民族优秀传统文化不断传承下去。"

古诗词是中国优秀传统文化的典型代表，而唐诗则是经典古诗词中的重要组成部分。

唐朝在中国五千年历史长河中有着举足轻重的地位，其间诗歌艺术水平达到了顶峰，创造了灿烂繁荣的文化奇迹，也为世界文明的发展作出了巨大贡献。

唐朝是诗的国度，是美丽语言的朝代。九州方圆，大漠孤烟，长河落日，高山长川，鸟虫鱼兽，竹菊梅兰；洪波涌起，月缺月圆，舟行碧波，渔歌唱晚，千里婵娟……诗人的一双慧眼若碰到这些如诗如画的美景，可以让明月如玉，让乡愁如醉，让春山空翠，让江河奔雷……

《唐诗三百首》里那些美丽的诗句，令人荡气回肠，让每一个爱好诗词的人爱不释手。李白、杜甫、孟浩然、贺知章、韩愈、柳宗元、白居易、元稹、刘禹锡、杜牧等诗人的名字，在历史的天空中恒久闪耀。

我们应该梳理中国古代诗词这条精神长河，在这里披沙拣金。借一弯斜照汉家宫阙的冷月，折一缕渭城朝雨的柳丝，唱一曲大江东去的浩歌，点一盏醉里看剑的灯火，沿着悠长的文化故道溯流而上，皇皇楚骚汉赋、凛凛魏晋风骨、巍巍盛唐气象，一一奔流眼底……

腹有诗书气自华。没有诗词也可以快乐幸福地生活，但腹有诗书就会在高层次、高境界上美丽幽香地生活。翻开书本，品读白居易诗歌，感受中华民族文化的博大精深，有助于我们更加坚定文化自信。

先读一下下面的诗句：

野火烧不尽，春风吹又生。
日出江花红胜火，春来江水绿如蓝。
在天愿作比翼鸟，在地愿为连理枝。
同是天涯沦落人，相逢何必曾相识。
可怜身上衣正单，心忧炭贱愿天寒。
人间四月芳菲尽，山寺桃花始盛开。
…………

这些耳熟能详的金句经常被运用到平时的谈话写作中，使谈论风趣，给文章增色，让底蕴显现。

在历史上众多的伟大诗人中，笔者尤喜爱白居易和他的诗歌。

白居易有“诗魔”和“诗王”之称，其诗歌题材广泛，形式多样，语言平易通俗，代表诗作为《长恨歌》《琵琶行》。他的很多律诗、绝句具有顽强的生命力，屹立于诗歌之林，历经风雨依然醇香，跨越时代仍然闪耀。那些通俗的语言、贴切的描写、率真的表达，让我们在品读时就好像在欣赏一幅幅彩色的图画，感受人间美好的真情；他于山水间游乐，于朋友处醉饮，诗成于微醺之间，是那么的生动自然，浑然天成。

白居易(772～846)，字乐天，号香山居士，又号醉吟先生，祖籍太原，到其曾祖父时迁居陕西下邽。白居易生于河南新郑，是唐代伟大的现实主义诗人，官至翰林学士、左赞善大夫、太子少傅。白居易与元稹共同倡导新乐府运动，世称“元白”，与刘禹锡并称“刘白”。

白居易在朝为官尽忠为国，坚持真理，仗义执言，不畏权贵，勇于担当的精神值得借鉴；任职地方长官，民有所呼，权有所用，积极为当地百姓办实事、谋福祉的为民情怀值得肯定；与人为善，真诚交友的良好品格值得学习；即便不得志，亦适然自处、知足常乐的人生态度，对生活在现实中的人们有一定的积极意义……另外，白居易的家世、父母关系扑朔迷离，说法不一，笔者通过品读、思考、分析，提出了自己的观点，进行了一些学术探讨;对代表作《长恨歌》《琵琶行》的写作艺术也提出自己的一些学术性意见;等等。白居易的诗文浅显易懂,富含哲理,诗壤肥沃,百读不厌,诲人不倦,传承发扬责无旁贷。以上所述,就是笔者《品读白居易》一书的写作背景和目的。

祁万青

2020年6月

目　录

第一章　白居易的家世

唐朝(618～907年)共经二百八十九年,从立国起依次经历了初唐、盛唐、中唐和晚唐四个时期。安史之乱后,唐朝由盛转衰,唐代宗执政至唐宣宗时期为中唐,唐懿宗开始转入晚唐时期。

白居易在七十五年的人生岁月中,先后经历了唐代宗、唐德宗、唐顺宗、唐宪宗、唐穆宗、唐敬宗、唐文宗、唐武宗、唐宣宗等九朝,于唐宣宗登基五个月后病逝。

一、白居易的世先

唐大历七年(772年)正月,白居易出生在新郑一个"世敦儒业"的中小官僚家庭。白居易两岁时,任职巩县县令的祖父白煌卒于长安,紧接着他的祖母又病故。建中元年(780年),白居易的父亲白季庚先由宋州司户参军授徐州彭城县县令。

一年后，因与徐州刺史李洧坚守徐州有功，升任徐州别驾，上赐绯鱼袋（《容斋随笔·四笔》卷十《赏鱼袋出处》记述，开元年间唐玄宗有一道敕令规定，鱼袋只赏给有显著战功的人，除此之外，其他人一律不能赏给鱼袋）。由于军阀李希烈叛乱，白居易母子从新郑来到徐州白季庚处，不久战火燃至徐州，为躲避战乱，白季庚把家安在了一个偏僻的小村庄——宿州符离，白居易在这里度过了一段相对安稳的童年时光。

白居易祖籍太原，曾祖移至陕西下邽。后世对其先祖到底是汉人还是胡人，有着不同的看法。那么，白居易的先祖究竟是哪里人？

（一）白居易本人观点

白居易在《故巩县令白府君事状》（《白氏长庆集》卷二九）中是这样自述的：我们白氏的祖先是楚国的一个太子，名建。建有一个儿子叫胜，自称“白公胜”。后来楚国宫廷发生内乱，白公胜被杀，他的一个儿子就逃到了秦国，其后代在秦国出过不少大将，其中很有名气的就是白乙丙。据《左传》记载，白乙丙是秦穆公时期的大将。

根据白居易的记述，白氏家族还有一个更有名的大将，就是那个在秦昭襄王时期秦赵“长平之战”中打败“纸上谈兵”的赵国大将赵括，坑杀赵国降卒四十万人，世称“人屠”的白起。“长平之战”刚打完，白起即上疏秦昭襄王嬴稷，建议应抓住时机，继续东进，一举灭掉赵国。

时任秦国宰相的范雎害怕白起的功劳超过自己，便从自身利益出发，以财力不足、士兵死伤严重、粮食供应困难为由，苦劝秦昭襄王暂停进攻赵国。

一年之后，秦昭襄王经过权衡认为白起的建议是正确的，于是下诏令白起领兵攻打赵国。白起认为赵国经过一年多的休养生息，元气基本已经恢复，全国上下空前团结，全民皆兵，同仇敌忾，此时进攻赵国取胜的把握不大，便回绝了秦昭襄王的诏令。白起拒绝出征，秦昭襄王误以为他心生怨恨，不愿为国效力，同时也担心其为他国所用，影响秦国东进步伐，就派人赐给白起一把宝剑，白起理解秦王的意思，被迫自杀身亡。

秦始皇统一六国后，又想起了白起在秦国崛起之路上立下的赫赫战功，就派人寻找白起的后代，把白起的一个儿子白仲封到了太原做官，并下诏世代袭其爵位，其后人就在太原安了家，延续下来。白居易说，这就是白氏家族的渊源。

从白居易的叙述看，其祖先的渊源脉络清晰，层次分明。但与专家学者的观点不符。

（二）后代专家学者观点

白居易去世后，晚唐著名诗人李商隐写给他的《唐故刑部尚书致仕赠尚书右仆射太原白公墓碑铭（并序）》中，有这样一句话："公之世先，用谈说闻。"意思是说，白居易的祖先只不过是一种传说而已，并没有什么确切文献记载。

后代专家对于白居易在《故巩县令白府君事状》中记述的先祖来源，亦提出了不一样的观点。

根据清华大学原教授陈寅恪先生在《元白诗笺证稿》中的

记述,《白氏长庆集》卷二九《襄州别驾府君事状》云:“初,高祖赠司空,有功于北齐,诏赐庄宅各一区,在同州韩城县,至今存焉。”此所谓“有功于北齐”之司空即白建也。据《北齐书》卷四〇《白建传》:“白建,字彦举,太原阳邑人也,初入大丞相府骑兵曹。……武平七年卒。”是以白建卒于北齐未亡以前。其生活时期,周、齐二国东西并峙,互相争竞。建为齐朝主兵之大臣,其所赐庄宅何以在同州韩城,即敌国之境内?其为依托,不待辩说也。又《新唐书》卷七五下《宰相世系表》“白氏”条列白居易、敏中之先世云:“建字彦举,后周弘农郡守,邵陵县男。”此白建既字彦举,与北齐主兵大臣之姓氏名字俱无差异,是即白香山所自承之祖先也。但其官则为北周弘农郡守,与北齐赠司空之事绝不相容,其间必有窜改附会,自无可疑。岂居易、敏中之先世赐田本属于一后周姓白名某字某之弘农郡守,而其人却是乐天、敏中兄弟真正之祖先。

南京大学教授莫砺锋在《百家讲坛·白居易》中也认为:白居易的祖先既不是楚国的太子,也不是秦国的大将,而是龟兹国人。

龟兹是中国古代西域大国之一,公元前 77 年,龟兹臣服于汉朝。龟兹国有一座白山,汉朝皇帝据此赐龟兹国人姓氏——“白”,从此龟兹人就是“白”姓了。一些专家学者认为,这一支龟兹人就是白居易的祖先。后来,汉朝皇帝令他们东迁,让他们接受汉朝文化教育,从此龟兹人成为中华民族大家庭的一员。

一些专家学者认为，白居易不是汉族人，而是一位胡人。古代说“胡”，是指汉族以外的民族。

白居易为什么会这样介绍自己的祖先来源呢？专家学者认为，白居易是受了魏晋南北朝时期家族门阀观念的影响。魏晋时期，人们对自己的出身看得很重。当时的制度是根据每个人的出身，把人分成九个等级，即“九品中正制”。一个人出生在什么家庭，就是什么等级，人们看门阀、讲出身、按等级进行交往。等级高，你在社会上就有地位，受人尊重；等级低，别人就可能瞧不起你。

到了唐朝，“九品中正制”已经废止，但这种根深蒂固的观念很难一下子根除，官员之间交往、婚配仍把门当户对作为重要前提。比如考取功名，你只凭才高不行，必须要有一位有名望的官员或皇族推荐才能参加，否则很难进入仕途。大诗人李白，就是由道人元丹丘推荐给玉真公主，玉真公主再推荐给唐玄宗后进入仕途的。李白入职以来一直得不到皇帝的召见，后又经大诗人贺知章极力推荐，才进入唐玄宗的视野，供职翰林待诏。写出《游子吟》的孟郊和写出《节妇吟》的张籍也是由韩愈推荐进入仕途的，而写下《春晓》诗文的孟浩然就是因为无知名人士推荐，最终没有进入仕途，在山野终老一生。由此看来，白居易将先祖记述为高门贵族是有原因的。

直到现在，存有这种观念的人仍为数不少，很多人在不停地续写家谱、“攀龙附凤”，都是由于“门阀”意识在头脑里作祟。假如你有时间到山西洪洞县寻根问祖，就会找到你的姓氏来源——买一本族谱看一看，就会找到诸如你的祖先曾经担任过什么官职、在历史上有过什么贡献之类的溢美之词。

续写家谱，在某种意义上确实十分重要，但应实事求是，不一定非得找个名人出来作为祖先不可。即使寻找到同姓的名人，距离上百年、上千年，对你又有什么帮助呢？只要知道我们都是中华儿女，就应该感到骄傲；只要知道我们都是龙的传人，就应该感到自豪。

（三）白居易后人观点

为进一步探寻白居易的先祖来自哪里，笔者专程前往洛阳，拜访了白居易的第五十三代孙白振修先生，他也是中国洛阳白居易研究会的会长。

老人家热情接待了我们。一提到白居易，会长先生非常自豪，对其诗歌侃侃而谈，详加解读，用词之恰当，大有其先祖之风范。会长先生还向我们介绍了白居易的一些轶事遗闻。目前，居住在洛阳的白居易后裔达三万多人。会长先生一听到说白居易是“胡人”，非常气愤，一再告诉我们：他们经过缜密考证，得到了有理有据的结论，白公胜就是他们的先祖。

历史学家莫砺锋教授在《百家讲坛》中为什么说白居易的先祖是龟兹人？其主要依据是专家推理结论和晚唐诗人李商隐的一句“公之世先，用谈说闻”。

白居易已在《故巩县令白府君事状》中交代得很清楚了，他们近几代人生在中原、长在中原、为官在中原，早已是汉人中的佼佼者。

晚唐诗人李商隐撰写的《唐故刑部尚书致仕赠尚书右仆

射太原白公墓碑铭(并序)》中还写道:“白氏由楚入秦,秦自不直杜邮事,封子仲太原,以有其后。”

白氏后人白高来、白振修在《白居易与洛阳》一书中,专门做了详细研究考证,确认楚公族白公胜为其先祖。

白居易在《故巩县令白府君事状》中是这样记述的:“白氏,芈姓,楚公族也。楚熊居太子建奔郑,建之子胜,居于吴、楚间,号白公,因氏焉。”这是白居易于元和六年(811 年)留下的书面文字。

出土于陕西渭南下邽的白居易从弟白敏中墓志这样写道:“白氏受姓于楚,本公子胜,理白邑有大功德,民怀之,推为白公。”

河南洛阳出土的白居易族人《唐故中大夫行太子内直监白府君(羡言)墓志铭并序》的记述是:“昔天命祝融,制有于楚。洎王熊居,太子生胜,避地于吴,赐号白公,爰命氏矣。”

《大唐故汴州封丘县令白府君(知新)墓志铭并序》的记述是:“自楚王开国,代济其美。白公受县,不陨其名。”

以上三方墓志是一千多年前留下来的石碑文字。不论是书面文字,还是石碑文字,都毫无差别地记述:白氏始祖就是白公胜。

白公胜的墓是如何迁到洛阳的呢?

《白公墓碑记》记载:白公胜被杀后,部将石乞将其安葬在荆山。白公胜有五子,后奔秦为将,白公之墓也因此乏祀。大和五年(531 年),时任河南尹的白居易接到好友元稹(时任武昌军节度使)书信:“勘得白公墓圹远离人烟,湮于荒岭旮旯之中，车马难行，乏祀。”于是，白居易派遣从弟白敏中、嗣子白景受赴荆山护白公之灵柩至洛阳，同年五月五日安葬于龙门西山南麓。另据记载，宋真宗年间（998～1022 年），白氏后人在此修建白公庙，历年春秋祭祀，香火不断。

《故巩县令白府君事状》载：“楚杀白公，其子奔秦，代为名将，乙丙已降是也。裔孙曰起，有大功于秦，封武安君。后非其罪，赐死杜邮，秦人怜之，立祠庙于咸阳，至今存焉。及始皇思武安之功，封其子仲于太原，子孙因家焉，故今为太原人。”由此可见，秦国大将白乙丙、白起就是白公胜之后裔。

我们或许应该相信白居易对其先祖的详细记述。如果白居易的先祖不是白公胜，他何必派遣白敏中、白景受将白公胜的遗骨迁葬于洛阳？又何必经年奉祀一个“虚假”的先祖呢？

白居易的先祖究竟是胡人还是汉人，也许还会继续争论下去，但有一点不会改变，那就是白居易确实是我们中华民族的伟大诗人。

白居易世系表：

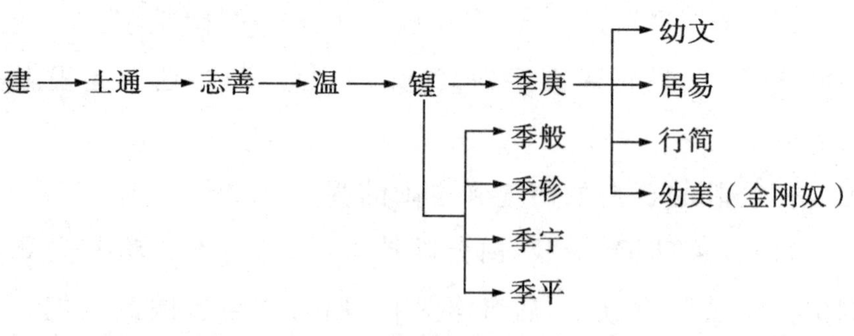

二、白居易父母之间的关系

白居易父母之间的关系也是后代专家学者争论的一个焦点。

(一)舅甥婚配说

陈寅恪先生《元白诗笺证稿》中笺证，南京大学教授莫砺锋在《百家讲坛》中明确表示：白居易父母亲之间的关系是舅甥婚配。也就是说，白居易的父亲白季庚娶了自己妹妹的女儿陈氏。舅舅娶了自己的亲外甥女作为妻子，从辈分上讲差了一辈。主要依据如下：

1.《故巩县令白府君(白锽)事状》中云：

> 高祖讳建，北齐五兵尚书，赠司空。曾祖讳士通，皇朝利州都督。祖讳志善，朝散大夫、尚衣奉御。父讳温，朝请大夫、检校都官郎中。公讳锽，字确钟，都官郎中第六子。

2.《襄州别驾府君(白季庚)事状》中云：

> 公讳季庚，巩县府君之长子。建中元年授彭城县令，时徐州为东平所管，属本道节度使反。……公与本州刺史李洧潜谋以徐州及埇口域归国。贞元十年五月二十八日，终于襄阳官舍，享年六十六。夫人颍川陈氏，陈朝宜都(王叔明)之后。祖讳璋，利州刺史。考讳润，坊州鄜城县令(尉)。妣太原白氏。夫人无兄姊弟妹。八岁丁鄜城

府君之忧，十五岁事舅姑。建中初，以府君彭城之功，封颍川县君。元和六年四月三日，殁于長安宣平里第，享年五十七。有子四人：长曰幼文，前饶州浮梁县主簿；次曰居易，前京兆府户曹参军、翰林学士；次曰行简，前秘书省校书郎；幼子金刚奴，无禄早世。

3.《唐故坊州鄜城县尉陈府君夫人白氏(白季庚之姑)墓志铭(并序)》中云：

夫人太原白氏，其出昌黎韩式，其适颍州陈氏，享年七十。唐和州都督讳士通之曾孙，尚衣奉御讳志善之玄孙(“曾”“玄”二字应互易)，都官郎中讳温之孙，延安令(巩县令)讳锽之第某女，韩城令讳钦之外孙，故鄜城尉讳润之夫人，故颍川县君之母，故大理少卿襄州别驾讳季庚之姑，前京兆府户曹参军、翰林学士白居易、前秘书省校书郎行简之外祖母也。

陈寅恪先生按：“则如乐天之母与其父亲属之关系是。兹据上引乐天所自述者，作一世系亲属表以明之如下：

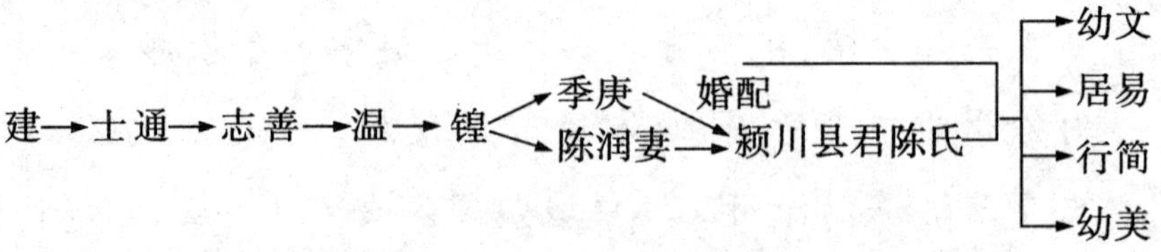

乐天文中，历叙其外祖母之尊卑先后诸亲族血统联系。其间关系，互相制限，一定而不可移，则乐天之外祖母乃其祖

之女，与其父为同产，易言之，即乐天之父季庚实与亲甥女相为婚配也明矣。”(《元白诗笺证稿·史集》)。

陈寅恪先生在其所著《元白诗笺证稿》中记述：“乐天之父季庚殁于贞元十年，年六十六，其母颍川县君陈夫人殁于元和六年，年五十七。据此推计，则陈夫人年十五岁结婚，时季庚年已四十一岁矣。夫男女婚配，年龄虽相距悬远，要亦常见，本不足异。所可怪者，以唐代社会一般之风习论之，断无已仕宦之男子年逾四十，尚未结婚之理。若其父果已结婚，乐天于季庚之事状中何以绝不言及其前母为何人？其故殊不可解。疑其婚配之间，当有难言之隐……”

这个问题曾引起了后代很多学者思考、研究，但至今未有定论。

有的学者说，白居易祖先是胡人，可能有这样的风俗，对舅甥婚配不那么在乎。

白居易母亲陈氏“以悍妒著闻”，在元和六年四月因悍妒致心疾发狂堕井自杀。陈寅恪在《元白诗笺证稿》中推论，这与其父母婚配不合当时社会礼法人情有关。后来白居易遭贬谪，也与其父母婚配既违礼律又得罪一些朝官不无关系。

(二)舅甥婚配有先例

舅甥相为婚配，西汉、三国确有先例，如汉惠帝娶同母姊鲁元公主，东吴孙休朱夫人为其姐姐的女儿等。

(三)大唐律令明禁止“舅甥婚配”

唐朝崇尚礼教之士大夫家族，此种婚配则非所容许。《唐律疏议·名例律·十恶》"十曰内乱"条注云:"谓奸小功以上亲,父祖妾及与和者。""奸小功以上亲"者,谓据礼男子为妇人着小功服而奸者。若妇人为男夫,虽有小功之服,男子为报服缌麻者非。谓外孙女于外祖父及外甥于舅之类。综上所述,舅甥婚配是严令禁止的。

《唐律疏议·户婚律》载:"诸同姓为婚者,各徙两年。缌麻以上以奸论。若外姻有服属而尊卑共为婚姻,及娶同母异父姊妹,若妻前夫之女者,亦各以奸论。其父母之姑舅、两姨姊妹,及姨,若堂姨、母之姑、堂姑,已之堂姨及再从姨、堂外甥女、女婿姊妹,并不得为婚配,违律者各杖一百,并离之。"

《唐律疏议·户婚律》又云:"外姻有服属者,谓外祖父、舅姨、妻之父母,此等若作婚姻,是名尊卑共为婚姻。"

由此可知,依据唐朝法律,舅甥婚配是不允许的,明文禁止的。若违反法律的,将根据《户婚律下》第一条"若外姻有服属而尊卑共为婚姻者,以奸论也"。舅甥为婚,于《唐律》应科以满徒,并使离异。

按照一些专家学者的观点,白居易父母之间的关系,是典型的违反唐朝律令的"舅甥婚配"。

(四)白居易父母"舅甥婚配"论有疑点

白居易父母之间的非正常关系问题,在新旧唐书中均未记载。南宋洪迈在《容斋随笔》中进行推论,陈寅恪先生在《元白诗笺证稿》中进而考证,由此得出结论。莫砺锋教授做客《百家讲坛》,据此进行了讲授。

后代专家考证的依据是：白居易撰写的《唐故鄜城县尉陈府君夫人白氏墓志铭》《故巩县令白府君事状》中没有交代清楚、含糊其辞，故有疑点。

陈寅恪先生在《元白诗笺证稿》中推论说："至乐天于其外祖母之墓志铭以'襄州别驾讳季庚之姑'为言者，此'姑'字必不可通。初视之似是'妹'字之讹写，但细思之，则乐天属文之际，若直书其事，似觉太难为情。"但白居易在《唐故坊州鄜城县尉陈府君夫人白氏墓志铭》中叙述的"姑"与"妹"是否相通，其推论是否正确，须作进一步分析研判。

笔者每读到白居易父母之间的关系一节时，总有一些疑问，认为白居易父母之间"舅甥婚配"几乎不可能，理由是：

其一，白居易的祖父、父亲都是明经出身，明经出身的官员更加熟知儒家经典，对儒家思想提倡的三纲五常、人伦礼教、婚姻道德等了如指掌。白季庚不可能违背伦理道德，背弃儒家教义。

其二，唐朝是相对法律健全、执法严明的朝代。唐朝律令明令禁止舅甥婚配，白居易的祖父白锽、父亲白季庚都是地方官员，一定熟知这条法律。白季庚不可能违反唐律，冒天下之大不韪搞舅甥恋。

其三，假如白居易的父母"舅甥婚配"是事实，一定会受到社会指责，朝廷也一定会知晓，白季庚也必然会因此被免职。从白季庚的官职升迁来分析，这一推论基本上不可能成立。

其四，假如白居易父母"舅甥婚配"成立，就是标准的近亲结婚，其子女应该大都非傻即痴。可为什么白居易、白行简兄弟二人都绝顶聪慧？

那么，白居易父母之间这种违背伦理的婚配传闻是怎样产生的呢？从白居易在《与元九书》中所记当朝权贵对讽喻诗的态度可知晓一二：

> 凡闻仆《贺雨诗》，众口籍籍，以为非宜矣。闻仆《哭孔戡诗》，众面脉脉，尽不悦矣。闻《秦中吟》，则权豪贵近者相目而变色矣。闻《登乐游园》寄足下诗，则执政柄者扼腕矣。闻《宿紫阁村》诗，则握军要者切齿矣！（《旧唐书·白居易传》）

北宋著名大臣张耒在《题贾长卿读高彦休续白乐天事》一文中记述："此不必辨，小人之诬君子，如舜与伊尹所遭之比。"

白居易不仅写讽喻诗，还在任左拾遗期间，直接批评当朝权贵，得罪的人太多。可以猜想，当时的一些朝廷命官可能故意编造流言侮辱他、栽赃他、诬陷他，以达到让他早日离开京城的目的。

（五）母慈孝悌一家亲

白居易的母亲白陈氏贤惠谦和，服勤妇道，受过良好教育，对其子亲执诗书，昼夜教导，循循善诱，从未打骂责罚过孩子。白居易兄弟文学仕进，官至清近，亦是其母慈训的结果。

白居易父母一共育有四子：老大白幼文，进士出身，曾任饶州浮梁主簿。次子白居易。三子白行简，贞元末，登进士第，曾任秘书省校书郎、左拾遗，累迁司门员外郎、主客郎中。

白行简文笔有其兄之风，辞赋尤称缜密，留有文集二十卷。幼子金刚奴，在九岁时不幸病亡。

《旧唐书·白行简传》载："居易友爱过人，兄弟相待如宾客。……当时友悌，无以比焉。"

宝历元年（825 年）春，白居易时在洛阳，其弟白行简时于长安任主客郎中。一日，白居易在梦中见到了弟弟白行简，提笔写下了《梦行简》一诗：

天气妍和水色鲜，闲吟独步小桥边。
池塘草绿无佳句，虚卧春窗梦阿怜。

诗中以常用典故表现兄弟之情，写来真切自然。一、二句写春日气候宜人，景色美丽，诗人有水边行吟之乐，然而"独"字隐含孤独之感，引出下文；三、四句的用典乃反用，说自己白白地梦见弟弟，却没有写出好诗，自谓诗才不及谢灵运而思念兄弟。三、四句化自谢灵运《登池上楼》诗中名句"池塘生春草"，为谢灵运梦见从弟惠连而偶成。阿怜可能是白行简的小名，谢灵运呼从弟谢惠连为阿连，白居易则呼胞弟白行简为阿怜，"连"与"怜"同音借用，有更爱其弟之意。

三、白居易青少年时期的社会状况

白居易生活在一个动荡的年代。当地的军阀李希烈叛乱，带兵攻下了河南汝州（今河南临州）、汴州（今河南开封）。两地距白居易居住的新郑都比较近，因而战火早早就烧到了白居易的家门口。当时才十一二岁的白居易被迫跟着母亲去彭城（今江苏徐州）投奔他的父亲白季庚，并被安排在距彭城较近的符离（今安徽宿县内）居住。一年后，战事蔓延到彭城，白居易的父亲又安排家人一起到江南避乱，去投奔白居易的叔父白季康和堂兄白逸。

虽然出生在官宦人家，但因为长期战乱不断，居无定所，青少年时期的白居易就品尝了生活的艰辛，亲眼目睹了百姓的流离失所。因战乱造成的惨状深深地刺痛了他的心灵，为其“仁本”思想的形成奠定了基础。

二十八岁这年，白居易写下了一首《望月有感》，以朴实的语言描述了战乱给自己家庭、给百姓造成的苦难：

自河南经乱，关内阻饥，兄弟离散，各在一处。因望月有感，聊书所怀，寄上浮梁大兄、於潜七兄、乌江十五兄，兼示符离及下邽弟妹。

时难年荒世业空，弟兄羁旅各西东。
田园寥落干戈后，骨肉流离道路中。
吊影分为千里雁，辞根散作九秋蓬。
共看明月应垂泪，一夜乡心五处同。

诗中“河南”为唐时河南道，辖今河南省大部和山东、江苏、安徽三省的部分地区；“关内”指关内道，辖今陕西大部及甘肃、宁夏、内蒙的部分地区；“浮梁大兄”即白居易的同父异母哥哥白幼文（排行老大，故称长兄），贞元十四至十五年（798～799 年）间任饶州浮梁（今属江西景德镇）主簿；於潜七兄即白居易叔父白季康的长子，时为於潜（今浙江临安）县尉；

乌江十五兄即白居易的从兄白逸，时任乌江（今安徽和县）主簿；下邽为县名，治所在今陕西渭南，白居易曾祖父白温迁居于此。

从这首诗中可以看出，白居易对战乱与饥荒给人民带来的巨大灾难深感痛苦，殷切希望骨肉团聚，安居乐业。前两句交代背景：在多难的年代里，祖先遗留下的产业荡然无存，弟兄分散异地。三、四句分别承接一、二句，具体叙述自己家族经受的离乱之苦，同时也是对广大人民所受的苦难的高度概括。五、六句继续写兄弟离散的苦境：兄弟分散，如同失群的孤雁，只能顾影自怜；背井离乡，如同秋天离土的蓬草，飘荡不定。这两句比喻贴切，情绪凄苦，引出乡愁。乡愁使诗人夜深难眠，仰望明月，想起离散在各地的兄弟，不由得潸然泪下。他又想到兄弟们可能有同样的乡愁，这时也会在他乡仰望明月，流下思乡的清泪。这种从对方着笔的写法，往往能更深刻地反衬自己。

笔者认为这首七律情感诗，全诗都很好，其中最好的两句就是“吊影分为千里雁，辞根散作九秋蓬”。

大雁在天空是排成一定队形飞翔的。我们可以看到，大雁在飞翔时经常会变换飞翔方式，一会儿排成个“一”字，一会儿排成个“人”字，很有次序。人们经常说到的“雁序”，就是用来比喻兄弟姐妹之间的次序。现在兄弟姐妹分散在各个地方，就变成了“形影相吊”的孤雁。此外，大雁是感情极为专一的鸟类。元代词人元好问看到一雁被射杀后，另一雁为之殉情，遂写下了千古名篇《摸鱼儿·雁丘词》："问世间，情是何物，直教生死相许？"引起了多少人的感叹。

蓬草原本是连在根上的，但是秋风一吹，蓬草被迫离开根部到处飘荡，忽东忽西，从此离开生长的家乡。这两句形象表达了兄弟姐妹本来应该在一起生活，但在外力的作用下被迫分散在各地的沉郁心情。

全诗语言平易，不加修饰，流畅自然，被选入了《唐诗三百首》诗集中。

四、白居易的妻子、儿女

元和三年（808年），三十七岁的白居易在母亲再三催促下，经人介绍与同事杨虞卿的堂妹杨氏结了婚。新婚燕尔之时，才华横溢的白居易作《赠内诗》，以表达夫妻之间同甘共苦、白头偕老的愿望：

生为同室亲，死为同穴尘。他人尚相勉，而况我与君。
黔娄固穷士，妻贤忘其贫。冀缺一农夫，妻敬俨如宾。
陶潜不营生，翟氏自爨薪。梁鸿不肯仕，孟光甘布裙。
君虽不读书，此事耳亦闻。至此千载后，传是何如人。
人生未死间，不能忘其身。所须者衣食，不过饱与温。
蔬食足充饥，何必膏粱珍。缯絮足御寒，何必锦绣文。
君家有贻训，清白遗子孙。我亦贞苦士，与君新结婚。
庶保贫与素，偕老同欣欣。

白居易在诗中抒发怀抱，表示一生要以先贤为榜样，奉劝、勉励夫妻应甘于清贫、白头偕老。开头即表明夫妻“死则同穴”，接着连举黔娄、冀缺、陶潜、梁鸿四对夫妻同心安于贫寒的典型事例，由此希望杨氏也能与自己同甘共苦，并特别点出杨氏远祖东汉清官“杨震却金”的故事，以清白传家。结尾以“偕老同欣欣”，与开头首尾呼应。语言明白晓畅，流露真情。

婚后一年，他们的第一个女儿出生，取名金銮子。金銮子刚刚三岁，就不幸夭折了。女儿的夭折，给白居易以沉重的打击。他写下了《病中哭金銮子》，寄托深深的哀思：

岂料吾方病，翻悲汝不全。卧惊从枕上，扶哭就灯前。
有女诚为累，无儿岂免怜。病来才十日，养得已三年。
慈泪随声迸，悲肠遇物牵。故衣犹架上，残药尚头边。
送出深村巷，看封小墓田。莫言三里地，此别是终天。

可怜金鸾子的小墓田离白居易住处只有三里远，可是阴阳两隔，再也见不到这个可怜的孩子了。

白居易四十五岁的时候，第二个女儿出生，取名阿罗。当时被贬谪江州的白居易心情郁闷，生活也十分清苦，为了宽慰妻子，特写诗《赠内子》，言明日子再难过，也“犹胜嫁黔娄”。

白发长兴叹，青娥亦伴愁。寒衣补灯下，小女戏床头。
暗淡屏帏故，凄凉枕席秋。贫中有等级，犹胜嫁黔娄。

诗中表达了作者生活的忧愁与艰苦，但看着阿罗在床头无忧无虑地玩耍，忧愁中也增添了许多乐趣，排解了一些心中的苦闷。

白居易的弟弟白行简带着儿子阿龟，也来到了他的住处，给寂寞的白居易平添了一份快乐。阿龟、阿罗经常在一起玩耍，这时候白居易就逗他们玩。这种乐趣他又写进了《弄龟罗》一诗里：

有侄始六岁，字之为阿龟。有女生三年，其名曰罗儿。
一始学笑语，一能诵歌诗。朝戏抱我足，夜眠枕我衣。
汝生何其晚，我年行已衰。物情小可念，人意老多慈。
酒美竟须坏，月圆终有亏。亦如恩爱缘，乃是忧恼资。
举世同此累，吾安能去之。

大和三年(829 年)，白居易终于在五十八岁这一年如愿得了一个儿子，取名阿崔。老年得子，自是人生幸事，其喜悦之情溢于言表，欣然写下了《阿崔》一诗，表达了当时的心情：

谢病卧东都，羸然一老夫。孤单同伯道，迟暮过商瞿。
岂料鬓成雪，方看掌弄珠。已衰宁望有，虽晚亦胜无。
兰入前春梦，桑悬昨日弧。里闾多庆贺，亲戚共欢娱。
腻剃新胎发，香绷小绣襦。玉芽开手爪，酥颗点肌肤。
弓冶将传汝，琴书勿坠吾。未能知寿夭，何暇虑贤愚。
乳气初离壳，啼声渐变雏。何时能反哺，供养白头乌。

此诗前八句，极为老健。首二联寥寥数语刻画了诗人羸然无子的形象，“岂料”“已衰”写出暮年得子的惊喜；“腻剃”以下四联，写阿崔初生，端详入微，字字透着喜悦；接着写展望阿崔的人生，却又想到寿夭尚不能预知，将诗人喜悦中的担心以及垂暮之年的理性描摹得生动形象。通过细腻多情的叙述，写尽了生子的得意，但温柔喜悦中又却透着心酸，正切合诗人老而得子的心境，熨帖亲切，真挚动人。

只可惜阿崔年仅三岁不幸夭折了，白居易再次遭受丧子的沉重打击，他把痛苦写成一首《哭崔儿》，表达了失子后的悲楚心境：

掌珠一颗儿三岁，鬓雪千茎父六旬。
岂料汝先为异物，常忧吾不见成人。
悲肠自断非因剑，啼眼加昏不是尘。
怀抱又空天默默，依前重作邓攸身。

白居易老来得子，抚爱异常，不料小儿三岁夭折，故诗词写得极其沉痛。首联叙述老年得子，年龄差距罕有；颔联写小儿夭折，上下句倒装，本来时常担心自己先死去而不能照看阿崔长大，岂料小儿却先离开人间；颈联写肠断眼昏，极度悲伤；尾联有问天无语之意，归于对命运的无奈。全诗表现了白居易老年失去幼小独子的悲痛心情，真切感人。

宋陈振孙《白文公年谱》云："公自丧阿崔，终身无子。"《旧唐书·白居易传》载："无子，以其侄孙嗣。"也就是说，阿崔夭亡后，白居易没有了亲生儿子，把他的侄孙阿新过继到了自己身边。

大中三年白居易继嗣者阿新是谁？根据李商隐为白居易所撰《墓碑铭》记载："子景受，大中三年自颖阳尉典治集贤御书。”《新书表》记载：“景受孟怀观察支使，以从子嗣。”

白高来、白振修著《白居易与洛阳》一书记载，景受即阿龟，白行简之子阿龟过继为白居易的子嗣。

不知不觉中，阿罗一晃长到七岁了，白居易又给她写诗《吾雏》，说这个女儿非常聪明，七岁时就学母亲画眉、学父亲吟咏诗句：

吾雏字阿罗，阿罗才七龄。嗟吾不才子，怜尔无弟兄。
抚养虽骄騃，性识颇聪明。学母画眉样，效吾咏诗声。
我齿今欲堕，汝齿昨始生。我头发尽落，汝顶髻初成。
老幼不相待，父衰汝孩婴。缅想古人心，慈爱亦不轻。
蔡邕念文姬，于公叹缇萦。敢求得汝力，但未忘父情。

诗中既表现怜爱幼女的心情，也感叹自己的衰老。开端说明“吾雏”之字、年龄及独女身份。“抚养虽骄騃”四句叙述女儿的聪明天真，怜爱欣喜之情含蕴其中。以下诗句多以父女两人老幼相异并说，因自己年老而情调感伤。全诗用面谈口吻，明白如谈话，如蔡邕念文姬、于公叹缇萦用典，以表达对幼女阿罗的倾心爱怜。

在白居易夫妇精心呵护下，阿罗健康地长大了，已到出嫁的年龄。

经人介绍，阿罗嫁给了一位“谈”姓有为青年。白居易六十二岁那年，阿罗生下一个女孩，取名引珠。外孙女满月后，白居易又把喜悦的心情写进了诗词里。

小岁日喜谈氏外孙女孩满月

今旦夫妻喜，他人岂得知。自嗟生女晚，敢讶见孙迟。
物以稀为贵，情因老更慈。新年逢吉日，满月乞名时。
桂燎熏花果，兰汤洗玉肌。怀中有可抱，何必是男儿。

白居易六十七岁那年，阿罗又生下个男婴，取名玉童，长大后又取学名谈阁郎。白居易既欢喜又兴奋，再次把高兴的心情写进了诗里，希望最后可以把自己的琴书传承给这个孩子。

谈氏小外孙玉童

外翁七十孙三岁，笑指琴书欲遣传。
自念老夫今耄矣，因思稚子更茫然。
中郎余庆钟羊祜，子幼能文似马迁。
才与不才争料得，东床空后且娇怜。

白居易虽然失去了自己的儿子，但是上天送给了他一个可爱的外孙。有时想到死去的孩儿阿崔，白居易有些伤怀，但看着眼前的外孙，心里还是得到了慰藉。后来，白居易的女婿不幸病逝，阿罗带着儿女回到洛阳娘家，和白居易夫妇生活在了一起，让老人家晚年享受到了天伦之乐。

第二章　白居易的爱情故事

如果要问这世间有哪些美好的事物，爱情一定是一个必不可少的选项。它可以天真如“郎骑竹马来，绕床弄青梅”，也可以挚爱如“一日不见兮，思之如狂”，它可以平凡如“上言加餐食，下言长相忆”，也可以珍惜如“曾经沧海难为水，除却巫山不是云”。

在白居易的笔下，爱情是这样描写的：“娉婷十五胜天仙，白日姮娥旱地莲。”“樱桃樊素口，杨柳小蛮腰。”“黄金不惜买娥眉，拣得如花四五枚。”

下面就随笔者一起分享白居易的爱情故事吧。

一、初恋东邻婵娟子

元和十年(815 年)，四十四岁的白居易被贬谪江州，内心苦闷不知向谁倾诉。有一天晾晒衣物，突然在箱底一角翻出了湘灵亲手为他缝制的鞋子。鞋已旧，情未了。一首《感情》不由得从心底发出。他抚摸鞋子，睹物思人，湘灵那水灵灵的大眼睛、优美的歌声再次浮现在白居易的脑海里。白居易眼睛湿润，深情追忆和湘灵在一起的美好岁月。

中庭晒服玩，忽见故乡履。昔赠我者谁，东邻婵娟子。
因思赠时语，特用结终始。永愿如履綦，双行复双止。
自吾谪江郡，漂荡三千里。为感长情人，提携同到此。
今朝一惆怅，反覆看未已。人只履犹双，何曾得相似。
可嗟复可惜，锦表绣为里。况经梅雨来，色黯花草死。

“东邻”出自楚国宋玉《登徒子好色赋》：“天下之佳人莫若楚国，楚国之丽者莫若臣里，臣里之美者莫若臣东家之子。”宋玉盛赞东邻之女，以为美色。后来用“东邻”“东女”代指美女。

《感情》，即有感于昔日邻家女子之情。作者由重见恋人昔日所赠鞋子，想到恋人当时的话语，本希望“双行复双止”，今日却是“人只履犹双”，如此对照，自是个人感情之“长恨”。“反覆看未已”，最能显露思念之情。末句“色黯花草死”则寓时光流逝、两情不复之感叹。

睹物思人，“反覆看未已”，感慨万千，白居易陷入了深情的回忆之中……

白居易十一二岁时，因避家乡战乱，随母迁居至父亲白季庚任官所在地——徐州符离（今安徽宿县境内），在那里与一个比他小四岁的邻家女子相识。她的名字叫湘灵，长得活泼可爱，还懂点音律，于是两人就成了形影不离的玩伴。到白居易十九岁、湘灵十五岁时，两人情窦初开，便开始了初恋。就这样，一对青年男女相爱了，私定终身，并相互赠送礼物——白居易赠诗，湘灵赠送一双象征爱情的绣花鞋。

白居易有一首诗名为《邻女》，描述了他记忆中十五岁的湘灵，并赞美湘灵的美丽和她悦耳的歌声：

娉婷十五胜天仙，白日姮娥旱地莲。
何处闲教鹦鹉语，碧纱窗下绣床前。

贞元十四年(798 年)，白居易二十七岁的时候，为了家庭生活和自己的前程，他不得不离开符离去江南叔父处。一路上，他写了《寒闺夜》《长相思》两首想念湘灵的诗：

寒闺夜

夜半衾裯冷，孤眠懒未能。
笼香销尽火，巾泪滴成冰。
为惜影相伴，通宵不灭灯。

长相思

汴水流，泗水流，流到瓜洲古渡头。吴山点点愁。
思悠悠，恨悠悠，恨到归时方始休。月明人倚楼。

从上面三首诗中可以清楚地看出，白居易与湘灵经过十几年的相处，感情已经很深了，离别后不但苦苦相思，而且已考虑到了结婚问题。

白居易在另一首《长相思》中表达了决心与湘灵“愿至天必成”和“步步比肩行”的恳切愿望：

长相思

九月西风兴，月冷露华凝。思君秋夜长，一夜魂九升。
二月东风来，草拆花心开。思君春日迟，一日肠九回。
妾住洛桥北，君住洛桥南。十五即相识，今年二十三。
有如女萝草，生在松之侧。蔓短枝苦高，萦回上不得。
人言人有愿，愿至天必成。愿作远方兽，步步比肩行。
愿作深山木，枝枝连理生。

贞元十五年(799年)秋，白居易赶赴宣州乡试，取得乡贡的资格。贞元十六年，二十九岁的白居易被举荐前往长安参加进士考试，并以第四名的成绩一举进士及第，而且是同榜进士中最年轻的。他非常高兴，写诗表达此刻心情：“慈恩塔下题名处，十七人中最少年。”

白居易中进士后更加思念远在符离的湘灵，专门写诗赠给这位初恋女子。

寄湘灵

泪眼凌寒冻不流，每经高处即回头。
遥知别后西楼上，应凭栏干独自愁。

前两句是写自己的思念与哀伤：作者在严寒中奔走，显然是不得已而出行，路途之苦从泪水“冻不流”中表现出来。他想念恋人而流泪，屡屡登高回望恋人所在之处，对恋人的思念一直不能释怀。后两句写湘灵的寂寞忧愁：他想象恋人独凭栏干凝伫，因思念自己而忧愁。相知之深、相爱之笃，从"遥知""应"中得到印证。

白居易对湘灵的思念与日俱增，他在长安办完中举手续，马上回到符离与湘灵相会，这一回便住了近十个月。两人商定结婚事宜后，白居易又到洛阳，恳切地向母亲陈氏提出与湘灵结婚的请求。但母亲陈氏十分固执，门第观念很强，再加上世俗观念的束缚，白居易的要求被母亲很坚决地拒绝了，他怀着极其痛苦的心情离开了家。

贞元十九年(803 年)春，白居易在长安被任命为校书郎，需将家迁至长安，他回家再次苦求母亲允许他和湘灵结婚。但门户大于一切的母亲，不但再次拒绝了他的要求，且在全家迁离时，不让二人相见。他们的婚姻无望了，但他们深厚的爱情并没有因此结束，白居易以不与他人结婚来暗中反抗母亲的固执，并三次写下了怀念湘灵的诗：

冬至夜怀湘灵

艳质无由见，寒衾不可亲。
何堪最长夜，俱作独眠人。

感秋寄远

惆怅时节晚，两情千里同。

离忧不散处，庭树正秋风。
燕影动归翼，蕙香销故丛。
佳期与芳岁，牢落两成空。

寄远

欲忘忘未得，欲去去无由。
两腋不生翅，二毛空满头。
坐看新落叶，行上最高楼。
暝色无边际，茫茫尽眼愁。

第二年，白居易在朝廷任校书郎，专门请假到符离向湘灵说明原因，并赠《潜别离》诗一首。一个漆黑的夜晚，痴情的湘灵听到心爱的人亲口告诉她即将永远分离时，再也抑制不住感情的闸门，失声痛哭不止，白居易怎么也劝说不下。两人心里都明白，从此他们将天各一方，由相见转为暗思，由当面倾诉转为永远追忆：

潜别离

不得哭，潜别离。不得语，暗相思。
两心之外无人知。
深笼夜锁独栖鸟，利剑春断连理枝。
河水虽浊有清日，乌头虽黑有白时。
唯有潜离与暗别，彼此甘心无后期。

就这样，两个人的结合被拆散了，白居易在三十七岁时被迫与同事杨虞卿的从妹杨氏结了婚。

元和六年(811 年),白居易回渭村为母亲丁忧。秋雨连绵,秋色凄凉,夜色黑暗。母亲的突然离去让这位孝子痛苦异常,失去母亲的孤寂让他又想起了远在符离的湘灵,一首《夜雨》诗便顺思流出:

我有所念人,隔在远远乡。
我有所感事,结在深深肠。
乡远去不得,无日不瞻望。
肠深解不得,无夕不思量。
况此残灯夜,独宿在空堂。
秋天殊未晓,风雨正苍苍。
不学头陀法,前心安可忘。

全诗完全没有格律的羁绊,用语直白,抒发了最真挚的情感。远乡,岂是瞻望可以望见的,可还是要望,纵使眼望不见,那心也早已回到了故乡的恋人身畔。“忘”字对于相爱又不能在一起的男女来说,是最残酷的字。想忘,又不能忘;想忘,又不敢忘,一段刻骨铭心的爱情就在这无果的结局中谢幕。

传说白居易五十三岁时,在杭州刺史任满返回洛阳途中,特地选择经过符离,去看望湘灵。可是湘灵住处已换了人家,湘灵也已不知去向。白居易与湘灵之间这段长达三十五年之久的恋爱悲剧终告结束。

既然曾经相见,又为什么不让他们相恋。

既然曾经相恋,又为什么不让他们相伴。

既然曾经相伴，又为什么不让他们相守。

既然曾经相守，又为什么让他们今生注定相欠。

白居易与湘灵的爱情就是：

你许我一生等待，我还你一世相思。

白居易任盩厔县（今陕西周至）县尉时，写下千古爱情悲歌——《长恨歌》。他写作的主题为什么和其他诗人不一样？对于唐玄宗与杨玉环的旷世奇恋，他并没有像当时的世人那样嘲讽，而是通篇表达盛赞与同情。这正是基于他和湘灵的爱情感同身受，有感而发：

在天愿作比翼鸟，在地愿为连理枝。

天长地久有时尽，此恨绵绵无绝期。

一根爱情红线把男人女人串联起来，形成了流传千古的绵绵情话，让人们充满了无限遐想和叹息。爱情可以让人欢乐，也可以让人痛苦；可以让国家兴盛，也可以让国家灭亡。有时遇到了可能会失去，那失去了与不遇到又有什么两样呢？也许就像《红楼梦》里林黛玉说的："人有聚就有散，聚时欢喜，到散时岂不清冷？既清冷则生伤感，所以不如倒是不聚的好。比如那花开时令人爱慕，谢时则增惆怅，所以倒是不开的好。"

二、侍妾女子有贞烈

彭城（今江苏徐州市）有许多名胜古迹，其中有一座燕子楼，在一千多年前，在这楼上演了一幕悲凉的殉情故事。

这位女主角名叫关盼盼，是一位才貌双全、能歌善舞的贞烈女子。她原本出身于书香门第，精通诗文，更兼有曼妙的歌喉和高超的舞技。最突出的，也是白居易最感兴趣的是，她能一口气唱出《长恨歌》。后来，关盼盼被徐州守帅张愔重礼娶回为妾。关盼盼入府后，虽然张家妻妾成群，张愔却对关盼盼情有独钟，两人情投意合，十分恩爱。

诗人白居易一次远游来到徐州，素来敬慕白居易诗才的张愔把他邀至府中，设宴款待这位贵客。关盼盼就在这次宴会上表演了自己拿手的《长恨歌》和《霓裳羽衣舞》。白居易当即写下一首赞美关盼盼的诗："醉娇胜不得，风袅牡丹花。"

两年之后，张愔病逝徐州。张愔死后，张府中的姬妾随从纷纷离开张府，只有关盼盼无法忘记夫妻情谊，矢志为张愔守节。张府易主后，她只身移居到徐州城郊云龙山麓的燕子楼，过着几乎与世隔绝的生活。

元和十四年(819 年)，曾在张愔手下任职多年的司勋员外郎张仲素前去拜访白居易，谈起此事。白居易听说关盼盼坚贞守节，为之黯然神伤，于是写了一首七言绝句——《赠关盼盼·其二》

黄金不惜买娥眉，拣得如花四五枚。
歌舞教成心力尽，一朝身去不相随。

张仲素回到徐州，把白居易所写的诗带给关盼盼。关盼盼接到诗笺后，泪流满面地对张仲素道："自从张公离世，妾并非没想过一死随之，又恐若干年之后，人们议论我夫重色，竟让爱妾殉身，岂不玷污了我夫的清名，因而为妾含恨偷生至今。"张仲素离开燕子楼后，关盼盼就开始绝食。十天之后，这位如花似玉、能歌善舞的一代丽人，最终香消玉殒于燕子楼上。弥留之际，她勉强支撑着虚弱的身体，提笔写下："儿童不识冲天物，漫把青泥汗雪毫。"

白居易听到关盼盼以死全节的消息后，非常震惊，愧恨不已，他认为自己对关盼盼的死负有不可推卸的责任。也许正是基于不想让关盼盼的悲剧再度重演，他晚年时放手樊素和小蛮，让她们开启新的生活。

三、皓齿吴娃唱柳林

白居易另一个爱情故事则与名叫樊素、小蛮的两个侍妾有关。

有诗云："樱桃樊素口，杨柳小蛮腰。"描写的正是这两位佳人轻盈婀娜的舞姿。白居易在杭州任刺史期间，常常被满街的"明眸越女罢晨装，皓齿吴娃唱柳林"撩拨得兴奋异常，不能自持。特别是领略到樊素口吐莲花的歌唱，小蛮腰身灵动的舞姿，风情万种的媚态，更是情不自禁。他便花钱买下了这两个美女作为侍妾。樊素和小蛮的陪伴，给在官场失意的白居易以无限慰藉。

白居易对樊素、阿蛮是怀有深情的，写了很多闲适诗来赞美两个侍女婀娜的舞姿及其带来的无尽乐趣。特别是侍女樊素，白居易为她写下了深情动人的诗篇。

据《旧唐书·白居易传》载："樊素、蛮子者，能歌善舞。"要知道，新旧唐书一向以严谨精练闻名，连岑参这样，既是堂堂四品朝廷命官，又是非常知名的边塞诗人，居然也没有立传。樊素和小蛮能在史书中留名，也算是十分难得了。

开成四年(839 年)，白居易突然得了风疾，半身麻痹，行动不太方便。于是他决定卖掉那匹好马，并让樊素离开他去寻找属于自己的幸福。

别杨枝

两枝杨柳小楼中，袅娜多年伴醉翁。
明日放归归去后，世间应不要春风。

不能忘情吟

鬻骆马兮放杨柳枝，掩翠黛兮顿金羁。
马不能言兮长鸣而却顾，杨柳枝再拜长跪而致辞。
辞曰：主乘此骆五年，凡千有八百日。衔橛之下，
不惊不逸。素事主十年，凡三千有六百日。巾栉之间，
无违无失。今素貌虽陋，未至衰摧。骆力犹壮，
又无虺隤。即骆之力，尚可以代主一步；素之歌，
亦可以送主一杯。一旦双去，有去无回。故素将去，
其辞也苦；骆将去，其鸣也哀。此人之情也，马之情也，
岂主君独无情哉？予俯而叹，仰而咍，且曰：骆，骆，
尔勿嘶：素，素，尔勿啼。骆反厩，素反闺。吾疾虽作，
年虽颓，幸未及项籍之将死。何必一日之内，

弃骓兮而别虞兮。乃目素兮素兮，为我歌杨柳枝。

我姑酌彼金罍，我与尔归醉乡去来。

在白居易一再催促下，樊素不得已骑着那匹骆马离开，可那匹马反顾而鸣，不忍离去，樊素也恋恋不舍，眼含泪花向白居易哀求道："主人您乘坐这匹马已经五年了，按天数计算总共有一千八百多天。这匹马被马嚼子拴着，从不埋怨，从未受惊也从不逃跑，仍然尽职尽责，兢兢业业与您相伴！我樊素侍奉您也有十年了，共三千六百多天。在侍奉您的过程中，从未违背过您的意愿，也从未犯过过失。现在我的容貌虽然丑陋，但还没有衰老到那个程度。马儿也依然健壮，又没有疾病，而马的力量尚且可以为主人代步；我也可以在您喝酒时高歌一曲给您助兴。一旦我和马儿双双离开，便不可能再回来，你将怎么办呢？

因此我将要离开，我说的话也必然伤心无比；马将要离开，它的嘶鸣声一定悲哀伤感。这是我和马儿对您的不舍之情啊，难道只有您无情，非得让我们离开您吗？"

樊素即将离开时，又给白居易演唱了一曲离别歌，以表达对白居易相伴十年的恋恋不舍。白居易听完一曲后，也被樊素的真情感动，老泪纵流，望着樊素慢慢远去的身影，一阵酸楚又袭上心头。

开成五年(840 年)春天，此时的白居易已是近七十岁的老人了。俗话说"人过七十古来稀"，白居易和朋友破愁饮酒，宴会散后，独自一人静坐，突然感到莫名的惆怅和寂寞，遂写下《春尽日宴罢感事独吟》一诗：

> 五年三月今朝尽，客散筵空独掩扉。
> 病共乐天相伴住，春随樊子一时归。
> 闲听莺语移时立，思逐杨花触处飞。
> 金带缒腰衫委地，年年衰瘦不胜衣。

首联叙述题意“春尽日宴罢”，颔联应题中“感事”，第三句言自己多病，重点在第四句“春随樊子一起归”。后两联细写“感事”，颈联融情入景，由莺语、杨花思及樊子，尾联叹自己身体衰弱和年事已高的感慨，这也是放手樊素的主因。全诗看似松散，实则缜密，表达了对樊素的思念。

四、赤骥怎能换青娥

白居易和裴度是多年的好朋友。裴度曾四度为相，也曾关照过白居易的仕途。有一次白居易写诗向宰相裴度要一匹好马，裴度得知白居易有两个天仙美女，写诗道：“君若有心求逸足，我还留意在名姝。”意思是说我送给你一匹好马，你家里有樊素、小蛮，割爱一下送一个来做个交换如何？

白居易看了裴度写给他的诗，非常明白宰相的意思，于是也马上用诗作答：

> 安石风流无奈何，欲将赤骥换青娥。
> 不辞便送东山去，临老何人与唱歌？

诗中“安石”指的是东晋宰相谢安。谢安，字安石。据说谢安隐居的时候，常常带着美姬饮酒作乐，风流快活，这里代指裴度。白居易的意思是：我把樊素、小蛮送给你了，等到我老时，谁来陪伴我，为我歌唱呢？

五、不似杨枝别乐天

南宋洪迈通过严谨考证，发现苏轼非常推崇白居易。究其原因，苏轼和白居易有相似的遭遇，白居易当年被贬杭州、江州、忠州，苏轼因为乌台诗案而被贬黄州。两人虽然相隔两个多世纪，然而境遇相似，心情也相似。苏轼在一篇文章里讲："乐天自江州司马除忠州刺史……某虽不敢自比，然谪居黄州……出处老少，大略相似。"苏轼发现自己似乎在重复白居易的人生道路，不由得大为感叹。苏轼还以白居易的归宿作为自己的人生向往，白居易后来生活趋于稳定，安享晚年，"庶几复享晚节闲适之乐"，苏轼认为自己晚年应该能和白居易一样安乐、高寿。白居易活了七十五岁，在古代诗人当中算是长寿了，苏轼也很羡慕这一点，可惜苏轼后来的人生模式继续波折，客死在常州，也没活到白居易的那个岁数。

苏轼还曾不止一次告诉朋友，说自己很像白乐天，和白乐天精神怀抱相通，在《赠写真李道士》中说："他时要指集贤人，知是香山老居士。"在《赠善相程杰》中说："我似乐天君记取，华颠赏遍洛阳春。"在《入侍迩英》中写道："定是香山老居士，世缘终浅道根深。"苏轼在《送程懿叔》一诗中说："我甚似乐天，但无素（樊素）与蛮（蛮子）。"

樊素离开白居易，让苏轼感慨万千。苏轼也经历过三次婚姻，在他贬谪到惠州时，几个朝夕相处的侍女纷纷离他远去，唯有侍妾朝云不离不弃跟随，陪伴、慰藉东坡，最后病逝于惠州。苏轼曾写诗叹息道：感谢朝云的一片深情和终身相随，也感叹曾跟随白居易十年的樊素和小蛮过早地离开了他。

朝云

不似杨枝别乐天，恰如通德伴伶玄。
阿奴络秀不同老，天女维摩总解禅。
经卷药炉新活计，舞衫歌扇旧因缘。
丹成逐我三山去，不作巫阳云雨仙。

白居易纳樊素、阿蛮等青年美丽女子为侍妾，是不是影响诗人的伟大形象和良好人品呢？笔者认为，现代人不能离开当时的时代与环境来评论一位历史人物。唐朝是文化交融、思想开放的朝代，白居易这样做是符合当时的制度习俗的，我们没有理由、更没有必要去因此责备一位作古千年的伟大诗人。

第三章　白居易的仕途

在古代，文人才子博取功名的初衷理想并不是将来成为一名伟大的诗人，而是从政做官，出将入相，在政坛上建功立业，实现自己治国兼济天下的政治抱负。李白如此，杜甫如此，白居易亦如此。

一、盩厔县尉观刈麦

贞元十五年(799年)初春，在宣州居住的白居易，经叔父白季康引荐，认识了御史中丞观察宣慰使崔衍，并在宣州一举通过乡试。崔衍非常欣赏白居易的才华，破格举荐白居易作为宣州贡生至长安参加进士考试。

贞元十六年(800年)二月十四日，二十九岁的白居易考中进士，两年后举书判拔萃科，贞元十九年(803年)春，授秘书省校书郎，元和元年(806年)四月罢校书郎，参加博学鸿词科考试，通过“才识兼茂明于体用科”测试，被朝廷授盩厔县（今陕西周至县）县尉（九品上）、集贤校理。

由于盩厔县县尉职务太低，也不重要，白居易对此不太满意，认为在这个职位上不能施展远大的政治抱负，但盩厔县县尉能直面百姓的疾苦，体会到各种苛捐杂税给贫苦农民带来的艰难，因此，他在盩厔县县尉任上写出了著名诗篇《观刈麦》，从此蜚声朝野。

田家少闲月，五月人倍忙。夜来南风起，小麦覆陇黄。
妇姑荷箪食，童稚携壶浆，相随饷田去，丁壮在南冈。
足蒸暑土气，背灼炎天光，力尽不知热，但惜夏日长。
复有贫妇人，抱子在其旁，右手秉遗穗，左臂悬敝筐。
听其相顾言，闻者为悲伤。家田输税尽，拾此充饥肠。
今我何功德，曾不事农桑。吏禄三百石，岁晏有余粮。
念此私自愧，尽日不能忘。

这首诗描写农民耕作的辛苦和重税下的痛苦，表达了作者的同情心和愧疚感。前十二句写农民收麦：他们脚下暑气蒸腾，背受烈日灼晒，疲乏无力却不觉得炎热，只因为珍惜夏天白昼长，能多干农活。这几句生动表现了农民在农忙时的心理，极为真切。“复有贫妇人”八句，描写贫妇人缴税后已一无所有，只得靠捡拾麦穗充饥的情景，突出反映了农民的痛苦，表达了诗人对农民的同情。诗末由所见所闻引发联想，将自己与农民对比，自省愧疚，感情真挚，难能可贵。全诗达到了叙事与抒情的高度统一：叙事部分不是单纯的叙述，而是叙述中蕴含感情，而结尾的抒情部分则是对全诗的升华。

白居易在盩厔县尉任上对贫苦农民的深入了解，为他日后在左拾遗位置上的卓越政治表现打下了良好基础。

元和初年(806 年)，满怀雄心壮志的唐宪宗刚刚登基执政，急切盼望广纳天下贤才，以辅佐他的新政。那么文采出众的白居易能否得到唐宪宗的赏识呢？从政以后，他的职务能否升迁？耿直率性的诗人白居易，能否适应复杂的官场斗争？

二、铮铮铁骨尽拾遗

白居易的才识很快被朝廷发现，元和二年(807 年)十一月五日，他被借调为翰林学士。翰林学士的主要任务是起草重要文件、文告、朝廷诰命等。经过一段时间的试用考察，朝廷认为白居易确实学识渊博，名实相符。次年四月，白居易被正式调入长安，任左拾遗，仍兼翰林学士，为正八品上。从此，白居易走到了唐宪宗身边，成为皇帝的近臣。

(一)初授拾遗表誓言

左拾遗是谏官，属门下省，其主要职责是帮助朝廷拾遗补缺，若朝廷有不当举措，要及时提出来。翰林学士、左拾遗虽然职位不高，地位却极其重要，是皇帝的高级顾问和机要秘书，排座次仅次于宰相，人称“内相”。大诗人陈子昂、杜甫就曾分别做过右拾遗和左拾遗。白居易对此职位非常满意，决心在左拾遗这个职位上发挥重要作用，为国家出力，还专门写了《初授拾遗》诗一首：

奉诏登左掖，束带参朝议。何言初命卑，且脱风尘吏。
杜甫陈子昂，才名括天地。当时非不遇，尚无过斯位。
况余蹇薄者，宠至不自意。惊近白日光，惭非青云器。
天子方从谏，朝廷无忌讳。岂不思匪躬，适遇时无事。
受命已旬月，饱食随班次。谏纸忽盈箱，对之终自愧。

本诗反映了白居易的心理活动：先是为此官职胜于奔走风尘的俗吏而欣喜，继而想到才名动天地的陈子昂、杜甫最高官职也不过才是谏官，又心生惭愧。他感到受宠若惊，发誓要进言尽忠；可当他面对装了满满一箱的谏疏时，又感到愧疚。如此心情变化，写来真切诚挚。

白居易决心竭尽平生才识，力图做到得失无不察，天下利弊无不陈，有漏必规劝，有失必进谏。

(二)施德才能降甘霖

“皇帝嗣宝历，元和三年(808年)冬。自冬及春暮，不雨旱爞爞。上心念下民，惧岁成灾凶……”此出自白居易的诗作《贺雨》。元和三年冬到元和四年春，天大旱无雨，宪宗因此欲降德音。白居易与大臣李绛上书建议“蠲租税，出宫人，绝进奉，禁掠卖”，宪宗一一采纳后，果真下了一场大雨。白居易感激宪宗的虚怀纳谏，欣然作了此诗，并希望“君以明为圣，臣以直为忠。敢贺有其始，亦愿有其终”。

(三)拥兵自重何所惧

中唐时期主要弊病之一就是节度使割据，拥兵自重、中饱私囊、骄横不法事件屡屡发生。这些节度使实际上处于半独立状态，一些节度使还与朝廷大臣、宦官甚至宰相来往密切，并且互相勾连攀比，在一起相互吹捧、花天酒地。《秦中吟》表现的就是当时的这种社会状况。白居易不愿和他们同流合污，依然保持其独立人格。元和三年（808 年），淮南节度使王锷以巨款重贿宦官，欲求官位。白居易认为王锷既无“清望”，又无“大功”，德不配位。他向朝廷上谏，王锷勒索民财进奉，为的是取得自己不配获得的官位，倘若顺遂了王锷的意愿，四方藩镇纷纷效法，“百姓何以堪之”，此事因此作罢。

元和四年（809 年），唐太宗时著名大臣魏征的子孙生活贫困，典押了祖先遗留下来的房宅。平卢淄青节度使李师道为收买人心，欲为魏征子孙赎买住宅。白居易上谏说，魏征是先朝著名宰相，当年太宗曾赐宫殿所用建材为他修建正宅，以示特别褒奖，他的宅第与其他官员的宅第不一样，魏征的子孙欲典押，需要的钱也不多，应该由朝廷为其赎买，而不能让李师道掠此美名。于是，唐宪宗听从白居易的谏言，诏命用国库的钱赎回并禁止其质卖。陈寅恪在《元白诗笺证稿》中评述：“则官钱收赎魏徵旧宅之议，实由乐天发之。夫乐天杜强藩之掠美，成君上之劝忠，诚可谓有论思拾遗之功，不愧近臣言官之职矣。而篇中全以其事归美宪宗，尤为遣辞得体也。”

裴均在任荆南节度使时，长期盘剥百姓，弄得当地民怨沸腾。但裴均在辅助唐宪宗争取皇位上立了很大功劳，因此，对于裴均的骄横违法，唐宪宗睁一只眼闭一只眼。可白居易看在眼里，记在心里。有一次在朝堂上，唐宪宗让大臣讨论裴均任宰相的问题,白居易接连上疏,一再说明裴均品行极差,表示强烈反对。在白居易的坚持与舆论的逼迫下,唐宪宗收回了对裴均的任命,改任其为山南东道节度使。在山南东道节度使位置上,裴均仍不收敛原来的不法行为,继续盘剥百姓,还经常向朝廷进献财宝,贿赂朝廷大臣。有一次,裴均想献给唐宪宗一千五百两银器杯盘。白居易知道后,又马上上疏,说裴均是怀有野心的,皇帝不应该接受他的财宝。

(四)宦官带兵笑万代

白居易批评的第二类对象,就是乱政的宦官头子。据记载,在唐宪宗当上皇帝的过程中,宦官也起了至关重要的作用。唐宪宗即位之后,对那些曾帮助过他的宦官不断提拔重用。在中唐时期,宦官乱政就是一个极大的危害,而唐宪宗的纵容更加助长了宦官的势力。

司马光在《资治通鉴》中指出,中唐时期的宦官对于皇帝的控制,就像掌控一个婴儿一样,把皇帝当成一个小孩子,随意地玩弄。反过来,皇帝对宦官非常惧怕,其心态“如乘虎狼,而挟蛇虺”。就是说皇帝和宦官共事就如同骑在虎狼背上,腋下夹着毒蛇,稍不注意就可能被老虎吃掉、被毒蛇咬伤致死。皇帝尚且如此,其他的官员就更加惧怕。但白居易认为自己是左拾遗,朝政有不好的地方,就应该进谏,所以他经常上疏抨击那些有权势的宦官。

俱文珍就是其中一个“宦官头子”。唐宪宗对俱文珍非常信任,宠爱有加,并把他的地位提得很高,官至右卫大将军、知内侍省事。但白居易经常上疏抨击俱文珍,说俱文珍品行不端,不该提拔重用。

史书记载,白居易批评最多、最厉害的一个宦官是吐突承璀(鲜卑姓氏)。吐突承璀深受唐宪宗宠爱,他掌握着皇宫的御林军权,指挥着保卫皇宫的卫队,官至左监门将军、左神策护军中尉、左街功德使,封蓟国公。

元和四年(809年),工承宗反叛,唐宪宗诏命吐突承璀为赴镇州行营兵马招讨使,白居易又上疏《论承璀职名状》极力反对道:"然则兴王者之师,征天下之兵,自古及今,未有令中使专统领者。今神策军既不置行营节度使,即承璀便是制将,又充诸军招讨处置使,即承璀便是都统。岂有制将、都统而使中使兼之?臣恐四方闻之,必轻朝廷;四夷闻之,必笑中国;王承宗闻之,必增其气;国史记之,后嗣何观?陛下忍令后代相传云,以中官为制将、都统自陛下始?"说宪宗这样做是"自损圣明",当"取笑于万代之后"。但唐宪宗不采纳白居易的意见,仅把吐突承璀改为宣慰使,仍让他统率这支军队。吐突承璀根本不懂如何打仗,讨伐王承宗屡败无功。白居易又接连三次上疏,强烈要求免去吐突承璀的职务。

据新旧唐书记载,被白居易点名批评的宦官头子有五人以上,敢于抨击吐突承璀的仅有白居易一人。

(五)皇帝也会把气生

担任左拾遗的白居易以天下为己任,意气风发,认真履职,积极有为,针对不好的政策经常上疏言事,批评建议多获接纳。然而他言事直接勇敢，据理力争，言辞激烈，常当面指责皇帝的错误，令唐宪宗感到非常生气。有时上疏的奏章还没有等唐宪宗最后拍板，白居易就说“皇帝你错了，应该怎么做”等等，常常把朝堂之上的唐宪宗气得脸色发青。

一天下朝后，唐宪宗对宰相李绛说：“白居易小子，是朕拔擢致名位，而无礼于朕，朕实难奈。”唐宪宗的意思是，是朕亲自把白居易这个小子提拔到这个位置上来的，他竟敢当着这么多朝廷重臣的面顶撞朕，朕实在难以忍受！

李绛是一位很正直的宰相，见唐宪宗想制裁白居易，立即进行劝谏。旧唐书《唐李绛善谏》是这样记载的：“唐李绛，善谏。上欲罪白居易，绛曰：‘陛下容纳直言，故群臣敢谏。居易志在纳忠，今罪之，恐天下箝口矣。’上悦而止。”

宰相李绛说：“陛下容许群臣直言，所以大家才敢进谏。白居易的心愿只是要贡献自己的忠诚，如今陛下要降罪于他，只怕天下的人从此就要把嘴巴闭上了。”唐宪宗听了李绛的进言，认为有道理，便没有治白居易的罪，白居易这才没被降罪。

白居易在左拾遗位置上突出的政治表现，受到后代历史学家的高度赞赏。中纪委监委网站也多次刊发文章，对其为国尽忠、为民尽责、不顾生死的直言进谏表示肯定和赞扬。

三、唐生长哭顾自怜

不久之后，白居易改官京兆府户曹参军，仍充翰林学士。户曹参军是一个闲职，白居易为国施展政治抱负的理想暂时被搁浅，为此他非常苦闷，想到屡试不第终失意的唐衢每读到自己诗歌就痛哭不止、最后因痛哭而病亡的情景，心中涌起无限痛苦与同情。联想自己一心一意为国尽忠，竟被唐宪宗以解决生活之忧为由晾了起来，不由得感到政治命运的多舛和艰辛。《寄唐生》这首长歌当哭之诗就是在这种心境下写就的：

贾谊哭时事，阮籍哭路岐。唐生今亦哭，异代同其悲。
唐生者何人，五十寒且饥。不悲口无食，不悲身无衣。
所悲忠与义，悲甚则哭之。太尉击贼日，尚书叱盗时。
大夫死凶寇，谏议谪蛮夷。每见如此事，声发涕辄随。
往往闻其风，俗士犹或非。怜君头半白，其志竟不衰。
我亦君之徒，郁郁何所为。不能发声哭，转作乐府诗。
篇篇无空文，句句必尽规。功高虞人箴，痛甚骚人辞。
非求宫律高，不务文字奇。惟歌生民病，愿得天子知。
未得天子知，甘受时人嗤。药良气味苦，琴澹音声稀。
不惧权豪怒，亦任亲朋讥。人竟无奈何，呼作狂男儿。
每逢群盗息，或遇云雾披。但自高声歌，庶几天听卑。
歌哭虽异名，所感则同归。寄君三十章，与君为哭词。

《寄唐生》这首诗中写了两个人，一个是唐生，另一个是白居易自己。二人的相似之处，都是忧国忧民的正直志士，对朝廷忠心耿耿而不满当朝弊政，故二人交谊甚笃。唐生是白居易新乐府诗的最早知音之一，他为此多有感慨："惟有唐衢见，知我平生志。"（《伤唐衢二首》其二）"有唐衢者，见仆诗而

泣。”(《与元久书》)

此诗开篇，用贾谊、阮籍之哭的典故为例引出唐生之哭，暗喻贾谊、阮籍的命运与唐生相似；“唐生今亦哭，异代同其悲”二句，暗示今世已同前朝，都是哭的也相似，哭的原因不为一己私利，而是为国为民。

唐生何以动辄便哭呢？诗中告诉我们，原来唐生不为己悲，而为段秀实太尉、颜真卿尚书、陆长源大夫而哭，为他们感召日月的忠义精神和报国壮举而哭。“声发啼辄随”意思是说，不哭则已，哭必号啕而老泪纵横。唐生善哭，爱我所爱而悲我所悲，哭必哭得理直气壮，哭必哭得感天动地。善哭的唐生为诗人所盛赞，却饱受凡夫俗子的揶揄。“往往闻其风，俗士犹或非”二句，既是对世俗的顺带一刺，又是极为自然的收束转场——由写唐生之哭转向写自我之诗。

唐生长哭当歌，而白居易则是长歌当哭：“我亦君之徒，郁郁何所为？不能发声哭，转作乐府诗。”白居易自比唐生，人善哭而我善诗，而“我”之诗与唐生之哭无异，目的只有一个：“惟歌生民病，愿得天子知。”这乃是白居易乐府诗的写作宗旨和创作宣言。诗的最后，以“歌哭虽异名，所感则同归”二句照应全篇，合二为一。此二句表达自己因弊政而作诗和唐衢因忧愤而悲哭，性质完全一样，都是忠义之举，故南宋黄彻《巩溪诗话》评曰：“忠臣义士，欲正君定国，惟恐所陈不激切，岂尽优柔婉晦乎？”

四、《秦中吟》中呻吟声

白居易直言上疏，“篇篇无空文，句句必尽规”。他不仅敢作敢当，还以诗歌讽谏，针砭时弊，受到有识之士的赞赏。白居易主张“文章合为时而著，歌诗合为事而作”。宪宗即位初始，君明臣贤，屡降诏书，询问民间疾苦。此时，白居易恰好被提拔入翰林院，他的谏疏多以救济百姓疾苦、弥补政务缺漏为宗旨，而那些难于明言的便写成诗歌，《秦中吟》十首就是他的代表作，白居易以这种独特的方式上达朝廷，以助治理国事，尽到谏官之责。

白居易在《秦中吟十首序》中曰：“贞元、元和之际，予在长安，闻见之间，有足悲者。因直歌其事，命为《秦中吟》。”这组诗作于元和五年(810 年)前后，白居易在《与元九书》中说：“闻《秦中吟》，则权豪贵近者相目而变色矣。”下面，我们听一听《秦中吟》中的呻吟声：

议婚

天下无正声，悦耳即为娱。人间无正色，悦目即为姝。
颜色非相远，贫富则有殊。贫为时所弃，富为时所趋。
红楼富家女，金缕绣罗襦。见人不敛手，娇痴二八初。
母兄未开口，已嫁不须臾。绿窗贫家女，寂寞二十余。
荆钗不直钱，衣上无真珠。几回人欲聘，临日又踟蹰。
主人会良媒，置酒满玉壶。四座且勿饮，听我歌两途。

富家女易嫁，嫁早轻其夫。贫家女难嫁，嫁晚孝于姑。
闻君欲娶妇，娶妇意何如？

《议婚》这首诗提出选美标准——悦目。从全诗的诗意看，“悦目”的标准，既含容貌美，又含心灵美。富家女虽易嫁，却“嫁早轻其夫”；贫家女难嫁，却“嫁晚孝于姑”。足见选美标准有贫富善恶之别，具有重要的社会意义。

重赋

厚地植桑麻，所要济生民。生民理布帛，所求活一身。
身外充征赋，上以奉君亲。国家定两税，本意在忧人。
厥初防其淫，明敕内外臣：税外加一物，皆以枉法论。
奈何岁月久，贪吏得因循。浚我以求宠，敛索无冬春。
织绢未成匹，缲丝未盈斤。里胥迫我纳，不许暂逡巡。
岁暮天地闭，阴风生破村。夜深烟火尽，霰雪白纷纷。
幼者形不蔽，老者体无温。悲端与寒气，并入鼻中辛。
昨日输残税，因窥官库门：缯帛如山积，丝絮似云屯。
号为羡余物，随月献至尊。夺我身上暖，买尔眼前恩。
进入琼林库，岁久化为尘。

本诗揭露了两税法施行后的弊端，以及苛捐杂税给百姓带来的祸害，并指出皇帝设置私库是其根源之一。各级官员在法定的正税之外多方搜刮，中饱私囊，将百姓榨取到无以为生的地步。

伤宅

谁家起甲第，朱门大道边。丰屋中栉比，高墙外回环。
累累六七堂，栋宇相连延。一堂费百万，郁郁起青烟。
洞房温且清，寒暑不能干。高堂虚且迥，坐卧见南山。
绕廊紫藤架，夹砌红药栏。攀枝摘樱桃，带花移牡丹。
主人此中坐，十载为大官。厨有臭败肉，库有贯朽钱。
谁能将我语，问尔骨肉间。岂无穷贱者，忍不救饥寒。
如何奉一身，直欲保千年。不见马家宅，今作奉诚园。

白居易在《伤宅》中对豪门显贵的奢侈之风进行了无情的揭露和抨击，对这些达官贵人的行为表现得极为愤慨，对其进行了无情的嘲讽——身为朝廷大臣不思躬身节俭，却竞相攀比，广造豪宅；完全不顾百姓饥寒困苦的人，却异想天开欲保千年富贵。

伤友

陋巷孤寒士，出门苦恓恓。虽云志气高，岂免颜色低。
平生同门友，通籍在金闺。曩者胶漆契，迩来云雨睽。
正逢下朝归，轩骑五门西。是时天久阴，三日雨凄凄。
蹇驴避路立，肥马当风嘶。回头忘相识，占道上沙堤。
昔年洛阳社，贫贱相提携。今日长安道，对面隔云泥。
近日多如此，非君独惨凄。死生不变者，唯闻任与黎。

不致仕

七十而致仕，礼法有明文。何乃贪荣者，斯言如不闻？
可怜八九十，齿坠双眸昏。朝露贪名利，夕阳忧子孙。
挂冠顾翠绥，悬车惜朱轮。金章腰不胜，伛偻入君门。
谁不爱富贵？谁不恋君恩？年高须告老，名遂合退身。
少时共嗤诮，晚岁多因循。贤哉汉二疏，彼独是何人？
寂寞东门路，无人继去尘。

"贤哉汉二疏"即疏广、疏受，汉宣帝时分别任太子太傅、少傅，到七十岁时主动提出退休。《不致仕》一诗极大地讽刺了那些"爱富贵""恋君恩"而年高不退休者。贪恋禄位是封建官吏普遍存在的心理状态，其原因为"朝露贪名利，夕阳忧子孙"，白居易对此现象深感不满，因此在此诗中提出了这样一个带有普遍意义的问题，发人深省。

立碑

勋德既下衰，文章亦陵夷。但见山中石，立作路旁碑。
铭勋悉太公，叙德皆仲尼。复以多为贵，千言直万赀。
为文彼何人，想见下辈时。但欲愚者悦，不思贤者嗤。
岂独贤者嗤，仍传后代疑。古石苍苔字，安知是愧词。
我闻望江县，麴令抚茕嫠。在官有仁政，名不闻京师。
身殁欲归葬，百姓遮路岐。攀辕不得归，留葬此江湄。
至今道其名，男女涕皆垂。无人立碑碣，唯有邑人知。

立碑以夸耀门阀、颂扬功德之风始于汉代，唐代此风更盛。碑文中所写大都是一片虚文，有些文人以善写此类“谀墓”文字而著称，连一些大文豪（如蔡邕、韩愈）都未能免俗。《立碑》讥讽了那些企图立碑传名和谀墓得金之流，白居易认为，立碑未必可留名，品德高尚、施行仁政才能流芳百世。

轻肥

意气骄满路，鞍马光照尘。借问何为者，人称是内臣。
朱绂皆大夫，紫绶或将军。夸赴军中宴，走马去如云。
樽罍溢九酝，水陆罗八珍。果擘洞庭橘，脍切天池鳞。
食饱心自若，酒酣气益振。是岁江南旱，衢州人食人。

“轻肥”即轻裘肥马，代指豪奢的生活。前面十四句从赴宴的排场、穿着，写到宴会上的山珍海味、美酒佳肴，再写到酒足饭饱后的自得与骄傲，直到最后两句，以江南旱灾导致人吃人的场景作结，深刻揭露出民不聊生的根源是内臣及当政者强权腐败，将讽刺的矛头直接指向当政者。

五弦

清歌且罢唱，红袂亦停舞。赵叟抱五弦，宛转当胸抚。
大声粗若散，飒飒风和雨。小声细欲绝，切切鬼神语。
又如鹊报喜，转作猿啼苦。十指无定音，颠倒宫徵羽。
坐客闻此声，形神若无主。行客闻此声，驻足不能举。
嗟嗟俗人耳，好今不好古。所以绿窗琴，日日生尘土。

《五弦》诗运用烘托、比喻、反衬等丰富多变的手法描写了赵叟的技艺，而末尾则说俗人“不好古”，名贵的“绿窗琴”因此只能闲置一旁，落满尘土。以音乐喻人，实为作者自况。

歌舞

秦中岁云暮，大雪满皇州。雪中退朝者，朱紫尽公侯。
贵有风雪兴，富无饥寒忧。所营唯第宅，所务在追游。
朱轮车马客，红烛歌舞楼。欢酣促密坐，醉暖脱重裘。
秋官为主人，廷尉居上头。日中为乐饮，夜半不能休。
岂知阌乡狱，中有冻死囚！

《歌舞》的结构、写法与《轻肥》类似。本诗揭露了权贵们在大雪天里的享乐生活，着重斥责执法高官。前八句泛写高官们雪中退朝后唯思赏雪娱乐，从“所营”“所务”可见其为官只图满足私欲；“朱轮车马客”八句具体描写执法高官在歌舞楼中纵饮无度、半夜不归、“欢酣促密坐”的丑态；末两句提到狱中囚犯冻死，与“醉暖脱重裘”形成鲜明对照，戛然而止。

买花

帝城春欲暮，喧喧车马度。共道牡丹时，相随买花去。
贵贱无常价，酬直看花数。灼灼百朵红，戋戋五束素。
上张幄幕庇，旁织巴篱护。水洒复泥封，移来色如故。
家家习为俗，人人迷不悟。有一田舍翁，偶来买花处。
低头独长叹，此叹无人喻。一丛深色花，十户中人赋。

唐朝李肇在《国史补》中记载：京城贵族嗜好牡丹，每年春暮都驱车观赏。花价昂贵，竟至一株数万钱。《买花》一诗揭露了长安富贵人家耽玩牡丹花的奢侈风气，反映了贫富悬殊的社会现实，对富贵人家的豪华享受加以指责，同时对广大农民负担沉重给予同情。

白居易还写下《鹦鹉》一诗，对残酷摧残歌姬的权贵们表达辛辣讽刺，并发出还歌姬以自由身的深沉呐喊：

陇西鹦鹉到江东，养得经年嘴渐红。
常恐思归先剪翅，每因喂食暂开笼。
人怜巧语情虽重，鸟忆高飞意不同。
应似朱门歌舞妓，深藏牢闭后房中。

首联“陇西鹦鹉到江东，养得经年嘴渐红”两句，点出陇西盛产鹦鹉，鹦鹉从陇西被卖到了江东，远离家乡上万里，被主人养在笼子里，常年与世隔绝。“经年”二字，寓示了它已离家多年，野生的鹦鹉被人工喂养多年，“嘴渐红”，貌似更加鲜红艳丽，实则暗示得了肥胖症，渐渐地泯灭了个性，失去了在天空飞翔的本能。“嘴渐红”又有什么用处，只不过是主人手里的玩物。

颔联“常恐思归先剪翅，每因喂食暂开笼”两句，“思归”呼应首句“陇西”。主人担心鹦鹉飞走，先把翅膀剪短了，从此彻底断绝鹦鹉因思乡飞走的念头，主人每天也只是在喂食时把鸟笼打开一下，喂食后马上关闭鸟笼，从未考虑鹦鹉向往自由的感受。

颈联“人怜巧语情虽重，鸟忆高飞意不同”两句，描写主人怜爱鹦鹉巧言学舌才百般宠爱，但笼中之鸟怀念的却是那“高飞”蓝天的岁月，与主人的想法并不相同，看似主人怜爱情重，实则虚情假意，明知其“思归”“忆高飞”，却“先剪翅”断其飞翔。

尾联“应似朱门歌舞妓，深藏牢闭后房中”两句，道出诗人写作此诗的目的。鹦鹉和“歌舞妓”一样，都是权贵们的玩物而已，不能有自己的想法，不能有向往自由的念头，应该老老实实地听从主人的指挥安排，需要的时候，出来歌舞一下、“巧语”几句，然后再回到原来的地方。

白居易用诗文对当权者进行直接批判与无情嘲讽，思想深刻，忠勇可嘉，却惹得唐宪宗很不高兴，也让很多朝廷大臣心里很不舒服，正如其所述，已使“权豪贵近者相目而变色”“执政者扼腕”“握军要者切齿”，为其之后遭贬谪埋下了祸根。

五、瘦马行迟苦费鞭

元和六年(811 年)四月，白居易母亲陈氏病逝，白居易兄弟回到渭南故里下邽为母守孝，其间写下了《慈乌夜啼》一诗，以表达对母亲深深的哀思，以及不能继续奉养母亲的痛苦与无奈。该诗是作者真情的流露：

慈乌失其母，哑哑吐哀音。
昼夜不飞去，经年守故林。
夜夜夜半啼，闻者为沾襟。

声中如告诉，未尽反哺心。
百鸟岂无母，尔独哀怨深。
应是母慈重，使尔悲不任。
昔有吴起者，母殁丧不临。
嗟哉斯徒辈，其心不如禽。
慈乌复慈乌，鸟中之曾参。

慈乌是乌鸦的一种，相传这种鸟能反哺报恩，所以叫它慈乌。诗人以鸟喻人，借慈乌表达自己的愧恨和哀伤，又借用吴起、曾参的典故，从反、正两个方面点明诗歌的情感。

前四句是写慈乌丧母，日夜悲啼，守着故巢不忍离去，引发诗人的感动。刚刚丧母的白居易，想奉养母亲却已永无机会，陷入“子欲养而亲不待”的无限悲痛中。

接下四句，写慈乌在深夜啼叫，叫声凄厉，是因未尽到反哺的心意而哀啼。

再接下的四句，作者推测慈乌的心情，采用问答方式，道出母亲的恩重如山。

最后举吴起弃亲家与慈乌对比，教育世人勿学吴起、多学曾参，规劝世人要孝顺慈母。

白居易在守孝三年期间，看到饥寒交迫的贫苦农民，发出“乃知大寒岁，农者尤苦辛”的喟叹，也更坚定了他同情百姓“惟歌生民病”的思想。

元和九年(814 年)，白居易丁忧期满回到长安，授太子左赞善大夫。太子左赞善大夫就是陪伴太子读书、指正太子行规的学官、宫官，属五品官职。官位虽然得到提升，但没有了实权，只能终日无所事事，这让有远大政治抱负的白居易非常苦闷，于是他给同样的一个冷官朋友李绅写诗，抒发心中的苦闷和无奈。白居易在给李绅的《初授赞善大夫早朝，寄李二十助教》一诗中说，我们两个都是冷官，我每天还要一大早起床顶着风、冒着雨雪、骑着瘦马排队上朝，在朝堂上也没有什么事可做，真不如你，一觉睡到太阳出来，不用冒着风雪天天上朝。全诗如下：

病身初谒青宫日，衰貌新垂白发年。
寂寞曹司非热地，萧条风雪是寒天。
远坊早起常侵鼓，瘦马行迟苦费鞭。
一种共君官职冷，不如犹得日高眠。

六、不在其位谋其政

唐宪宗元和十年(815 年)六月，发生了一件震惊朝野的杀人案，彻底改变了白居易的命运。

《旧唐书·吴元济传》记述事情的经过是这样的：淮西节度使吴少阳突然病死，其子吴元济匿不发丧，伪造少阳表，称病，请以元济为留后，朝廷不许，吴元济于是遣兵焚舞阳(今河南舞阳)、叶县(今河南叶县)，攻掠鲁山(今属河南)、襄城(今属河南)、阳翟(今河南禹州)。

针对吴元济的胡作非为，宰相武元衡、大臣裴度上疏朝廷，建议马上攻打吴元济。吴元济听说朝廷要攻打他，就联合平卢淄青节度使李师道、成德军节度使王承宪，准备刺杀主战派。李师道派出的杀手就在上朝的路上刺杀了宰相武元衡，还把武元衡的头颅割下带走，裴度也在那天遇刺受伤。长安城顿时一片混乱，一时间有的大臣们甚至不敢上朝。

白居易作为东宫赞善大夫压抑不住自己的愤怒，率先上疏，强烈要求缉拿凶手，迅速攻打吴元济，为死去的宰相报仇。白居易在上疏中说，在首都长安，光天化日之下竟然出现宰相被刺杀事件，简直是我大唐的奇耻大辱。白居易的上疏两天之内迅速传遍了京城，朝廷上下议论纷纷，正直的大臣们纷纷称赞白居易的仗义执言。但一些朝廷重臣如宰相韦贯之、中书舍人王涯等则很不高兴，说尚书、侍郎、给事中、中书舍人、谏官、御史尚且没有上书奏事，一个赞善大夫为什么如此这般呢？——你白居易是个陪侍太子的闲职，是宫官，无权过问朝政，这是越职言事。

面对这些指责，白居易在写给杨虞卿的信中说：当时武元衡满身血污，头部和身躯都被砍烂了。即使是田夫奴仆，也不会视而不见、闭口不言，何况是朝廷大臣呢？我作为赞善大夫，官职尽管很低，但朝廷发生如此特殊的事情，我当即斗胆上奏皇帝，这是忠诚，是义愤，问心无愧。他们却说我狂妄自大，目中无人，我又能辩解些什么呢？因为这件事而获罪，也是无可奈何的，更何况我被贬谪还不是因为这个罪名。

那么白居易被贬官是因为什么罪名呢？仅凭白居易上疏捕贼治其罪理由并不充分。但欲加之罪，何患无辞？韦贯之、王涯等经过广泛收集证据，终于找到了其母因看花堕井而亡后，白居易还写《看花诗》《咏井诗》，是为不孝的证据。他们认为，一个不孝顺父母之人怎么有资格陪侍太子读书？于是宰相韦贯之等上疏请贬白居易为江表刺史。任命已经下达，白居易也准备启程赴任，可中书舍人王涯接着落井下石，上疏朝廷论说白居易品行不端，为子不孝，不配做地方长官，应该贬为江州司马。面对谗言，早已对白居易的耿直言事心存不满的唐宪宗，一日之内连下诏书，追贬白居易为江州司马，白居易就此结束了在朝廷的任职生涯，时年四十四岁。

司马之职全名是“司马员外置同正员”，“员外置”就是编外的意思，表面上是刺史的副职，但没有实权，多半是安置被贬职的官员。

需要说明的是，史书记载白居易的母亲长期患有精神病，白居易遍访名医为其母治病，终未治愈。为照看母亲，白居易还专门请了一位力气很大的仆人来照顾她。一天，仆人稍不注意，母亲陈氏堕井而亡，并不是看花堕井而死。

七、司马青衫庐山恋

白居易忠心为朝廷，却被贬谪江州，自然非常伤心，但他同时也进行了反思。他在《自诲》中说，从古至今活到七十岁的人太少了，假如我能活到七十岁，那我今年四十四岁了，还有二十六年的时光，很快就会过去，与其为国事操劳而烦恼，还不如不问那些闲事，快乐地生活。

自诲

乐天乐天，来与汝言。汝宜拳拳，终身行焉。
物有万类，锢人如鏁。事有万感，爇人如火。
万类递来，鏁汝形骸。使汝未老，形枯如柴。
万感递至，火汝心怀。使汝未死，心化为灰。
乐天乐天，可不大哀，汝胡不惩往而念来。
人生百岁七十稀，设使与汝七十期。
汝今年已四十四，却后二十六年能几时。
汝不思二十五六年来事，疾速倏忽如一寐。
往日来日皆瞥然，胡为自苦于其间。
乐天乐天，可不大哀。而今而后，汝宜饥而食，渴而饮；
昼而兴，夜而寝；无浪喜，无妄忧；病则卧，死则休。
此中是汝家，此中是汝乡，汝何舍此而去，自取其遑遑。
遑遑兮欲安往哉，乐天乐天归去来。

江州是白居易人生观开始转变的地方，从此他不再写那些讽喻诗，也不再越制言事。

江州位于庐山脚下，万里长江穿城而过，风景秀丽，正是诗人游览的好地方。白居易也爱上了这个地方，并在庐山建了一处“别墅”，命名“庐山草堂”。他还专门写了一篇《庐山草堂记》，描写和郡守的关系，庐山草堂的坐落位置、结构，环境的优美等。

匡庐奇秀，甲天下山。山北峰曰香炉，峰北寺曰遗爱寺，介峰寺间，其境胜绝，又甲庐山。元和十一年秋，太原人白乐天见而爱之，若远行客过故乡，恋恋不能去。因面峰腋寺，作为草堂。

明年春，草堂成。三间两柱，二室四牖，广袤丰杀，一称心力。洞北户，来阴风，防徂暑也；敞南甍，纳阳日，虞祁寒也。木斫而已，不加丹；墙圬而已，不加白。砌阶用石，幂窗用纸，竹帘纻帏，率称是焉。堂中设木榻四，素屏二，漆琴一张，儒、道、佛书各两三卷。

乐天既来为主，仰观山，俯听泉，傍睨竹树云石，自辰至酉，应接不暇。俄而物诱气随，外适内和。一宿体宁，再宿心恬，三宿后颓然嗒然，不知其然而然。

自问其故，答曰：是居也，前有平地，轮广十丈，中有平台，半平地；台南有方池，倍平台。环池多山竹野卉，池中生白莲、白鱼。又南抵石涧，夹涧有古松老杉，大仅十人围，高不知几百尺。修柯戛云，低枝拂潭，如幢竖，如盖张，如龙蛇走。松下多灌丛，萝茑叶蔓，骈织承翳，日月光不到地。盛夏风气如八、九月时。下铺白石，为出入道。堂北五步，据层崖积石，嵌空垤垸，杂木异草，盖覆其上。绿阴蒙蒙，朱实离离，不识其名，四时一色。又有飞泉、植茗，就以烹燀，好事者见，可以销永日。堂东有瀑布，水悬三尺，泻阶隅，落石渠，昏晓如练色，夜中如环佩琴筑声。堂西倚北崖右趾，以剖竹架空，引崖上泉，脉分线悬，自檐注砌，累累如贯珠，霏微如雨露，滴沥飘洒，随风远去。其四傍耳目杖屦可及者，春有锦绣谷花，夏有石门涧云，秋有虎溪月，冬有炉峰雪。阴晴显晦，昏旦含吐，千变万状，不可殚纪。觍缕而言，故云甲庐山者。

噫！凡人丰一屋，华一箦，而起居其间，尚不免有骄矜之态；今我为是物主，物至致知，各以类至，又安得不外适内和，体宁心恬哉？昔永、远、宗、雷辈十八人，同入此山，老死不返；去我千载，我知其心以是哉！

矧予自思：从幼迨老，若白屋，若朱门，凡所止，虽一日、二日，辄覆篑土为台，聚拳石为山，环斗水为池，其喜山水病癖如此！一旦蹇剥，来佐江郡，郡守以优容抚我，庐山以灵胜待我，是天与我时，地与我所，卒获所好，又何以求焉？尚以冗员所羁，余累未尽，或往或来，未遑宁处。待予异日弟妹婚嫁毕，司马岁秩满，出处行止，得以自遂，则必左手引妻子，右手抱琴书，终老于斯，以成就我平生之志。清泉白石，实闻此言！

时三月二十七日始居新堂，四月九日与河南元集虚、范阳张允中、南阳张深之、东西二林寺长老凑公、朗满、晦、坚等凡二十二人，具斋施茶果以落之，因为《草堂记》。

文中记述："明年春，草堂成。三间两柱，二室四牖，广袤丰杀，一称心力。洞北户，来阴风，防徂暑也；敞南甍，纳阳日，虞祁寒也。木斫而已，不加丹；墙圬而已，不加白。砌阶用石，幂窗用纸，竹帘纻帏，率称是焉。堂中设木榻四，素屏二，漆琴一张，儒、道、佛书各两三卷。"

有灵山秀水陪伴，心情烦闷的白居易得到了一些安慰。春，有锦绣山谷中的繁花；夏，有石门涧里的皓云；秋，有虎溪的明月；冬，有炉峰的白雪。晴天的明亮、阴天的晦暗之景，或是晨昏的含蕴、吐露之姿，可以说是千变万化，实在是无法全部记下、详细描写，所以才说这里的景色是远超过庐山本身啊。

文中又有抒情："来佐江郡，郡守以优容抚我，庐山以灵胜待我，是天与我时，地与我所，卒获所好，又何以求焉？"草堂建好后，白居易非常喜欢这里，一有时间就来草堂居住。他在记中说：等到有一天，弟妹各自成家了，官职期制届满了，一切的进退取舍都由我做主成全的时候，我一定会左手牵着老伴和孩子，右手抱着古琴与书本，终老在此，好成就我一辈子的心愿，清泉啊，白石啊，你们都听到我说的这些话了吧？

白居易以娴熟的文笔和技巧，充分表达了自己酷爱山水的情感，并注入了自己的身世感、沧桑感，使山水别具内涵与风韵，《庐山草堂记》不仅是一篇美文，亦被视为中国园林学的奠基之作。

更重要是，白居易在江州任上创作了千古名篇《琵琶行》。就像许多学者说的那样，抛开其他诗词，白居易仅凭《琵琶行》这篇诗歌就能进入诗词大家的行列，足以名垂千古。

八、忠州刺史荔枝图

元和十三年(818 年)冬，四十七岁的白居易调任忠州(今重庆忠县）刺史，仕途开始出现转机。

他在《忠州刺史谢上表》中向朝廷表示："誓当负刺慎身，履冰励节，下安凋瘵，上副忧勤，未死之间，期展微效。"

白居易在忠州劝农均赋租，省事宽刑书，废除苛捐杂税，鼓励开荒种粮，重视文化教育，发展蚕桑农业，新修道路石桥，勤政为民，立身廉清。忠州呈现出政通人和、欣欣向荣的新景象。

白居易在忠州修路造桥，发展蚕桑，遍种荔枝。"嚼疑天上味，嗅异世间香。润胜莲生水，鲜逾橘得霜。燕脂掌中颗，甘露舌头浆。"

由于荔枝生长期长，有的甚至要十年左右才开花结果，于是有人问他："白大人，你现今栽种，何时才能吃到荔枝？"白居易笑着回答："前人栽树后人乘凉，前人种果后人品尝。"随后吟诗一首："红颗珍珠诚可爱，白须太守亦何痴。十年结子知谁在？自向庭前种荔枝。"为了发动百姓种植荔枝，白居易亲自到农户家帮忙挖坑、培土、植苗，还亲手画荔枝图，挥笔题写了《荔枝图序》。如今，《荔枝图序》已收入中学教材，成为描写荔枝的经典散文：

> 荔枝生巴峡间。树形团团如帷盖，叶如桂，冬青；华如橘，春荣；实如丹，夏熟。朵如葡萄，核如枇杷，壳如红缯，膜如紫绡，瓤肉莹白如冰雪，浆液甘酸如醴酪。大略如彼，其实过之。若离本枝，一日而色变，二日而香变，三日而味变，四五日外，色香味尽去矣。

元和十五年夏，南宾守乐天，命工吏图而书之，盖为不识者与识而不及一二三日者云。

序文是为《荔枝图》写的说明，介绍荔枝的特质。开端以“生巴峡间”交代产地，然后对荔枝从树形到果实加以具体描写。写果实则从外形及于内部，次序清晰，语言简洁。先从“树形团团如帷盖”到“浆液甘酸如醴酪”，连用十个“如”字作比喻，生动形象，是本文的精彩所在；之后简要说明荔枝采摘后色、香、味很难维持的特点。文末以“盖为不识者与识而不及一二三日者”点明作序目的。

在白居易离去八百多年之后，忠州人民为他建造了一座纪念祠堂，与唐陆宣公祠隔江相望，就是今天的“白公祠”。

九、绿杨阴里白沙堤

元和十五年(820 年)夏，白居易被召回长安，升任尚书司门员外郎，当年冬转任主客郎中、知制诰。就在这一年，唐宪宗因长期服用丹药中毒身亡，其三子李恒即皇帝位，为唐穆宗，改年号长庆。

长庆元年(821 年)，白居易加朝散大夫，始着五品绯色朝服，其后转任上柱国，又转中书舍人。

随着自己官职的一再攀升，白居易并没有感到丝毫的快慰，因为看到朝中朋党相互倾轧，以致国是日非；又看到自己的好友元稹、李绅、牛僧孺、内兄杨汝士等也参与其中，成为朋党中人，自己夹在其中终日担惊受怕。城门失火、殃及池鱼，白居易思虑再三之后，决定上疏朝廷请求外放，远离朝堂这个是非之地，后来唐文宗时期发生的“甘露之变”，验证了白居易的明智选择。

长庆二年（822年）七月，白居易被任命为杭州刺史。

白居易在唐德宗执政时，因为淮西节度使李希烈叛乱，曾到过苏杭二州投亲，游历其中，看到苏杭二州风景秀丽，鸟语花香，百姓富足，非常仰慕时任杭州刺史的大诗人房孺复和任苏州刺史的大诗人韦应物。白居易曾对他的母亲说：“将来如果能到苏杭哪一个州担任一届刺史，就心满意足、一生无憾了。”三年后，白居易的理想果然变成了现实，五十岁的白居易被调任杭州刺史，他非常高兴，上表朝廷表示感谢：“唯有一死，拟将报恩。唯当夙兴夕惕，焦思苦心，恭守诏条，勤恤人庶，下苏凋瘵，上副忧勤。”

后来，在白居易六十七岁时，又想起苏杭的美景，抑制不住内心的激动，写下了著名的《忆江南》：

其一

江南好，风景旧曾谙；
日出江花红胜火，
春来江水绿如蓝。
能不忆江南？

其二

江南忆，最忆是杭州；
山寺月中寻桂子，

郡亭枕上看潮头。
何日更重游！

其三

江南忆，其次忆吴宫；
吴酒一杯春竹叶，
吴娃双舞醉芙蓉。
早晚复相逢！

白居易到达杭州后，看到的是烟柳画桥、风帘翠幕、云树绕堤沙、怒涛卷霜雪、三秋桂子、十里荷花、羌管弄晴、菱歌泛夜、嬉嬉钓叟莲娃，他开始乘醉听箫鼓，骑马赏烟霞，并欣然写下了著名的《钱塘湖春行》：

孤山寺北贾亭西，水面初平云脚低。
几处早莺争暖树，谁家新燕啄春泥。
乱花渐欲迷人眼，浅草才能没马蹄。
最爱湖东行不足，绿杨阴里白沙堤。

这首诗就像一篇短小精悍的游记，作者从孤山寺、贾亭开始，到湖东、白沙堤止；一路上，在湖青山绿那美如天堂的景色中，饱览了莺歌燕舞，陶醉于鸟语花香；最后意犹未尽地沿着白沙堤，在杨柳的绿阴底下，一步三回头，恋恋不舍地离去。

白居易不仅写诗赞扬杭州的美景，还为杭州百姓谋福祉。在杭州任职期间，他了解到有六口古井年久失修，便下大力主持疏浚，有效改善了居民的用水条件。当时，杭州一带旱灾比较严重，但是当地人却不知利用西湖水灌溉农田，他到任后力排众议，修筑堤坝水闸，增加湖水容量，解决了杭州附近数十万亩农田的灌溉问题。他还加强对西湖的日常管理，规定水闸和斗门在不灌溉农田时，要及时封闭，有漏水的地方要及时修补。离任前，他还特意从剩余的薪俸中留下一笔资金作为治理西湖的周转金，并刻石《钱唐湖石记》，将治理湖水的过程和做法明示后人，对西湖的治理产生了长远的影响。今天的西湖仍有一条“白沙堤”，两岸杨柳婆娑，是西湖的著名景点，后人为了纪念白居易，亲切地称之为“白公堤”。

钱唐湖石记

钱唐湖事，刺史要知者四条，具列如左：

钱唐湖一名上湖，周回三十里，北有石函，南有笕。凡放水溉田，每减一寸，可溉十五余顷；每一复时，可溉五十余顷。先须别选公勤军吏二人，立于田次，与本所由田户，据顷亩，定日时，量尺寸，节限而放之。若岁旱百姓请水，须令经州陈状，刺史自便压帖，所由即日与水。若待状入司，符下县，县帖乡，乡差所由，动经旬日，虽得水，而旱田苗无所及也。大抵此州春多雨，秋多旱，若堤防如法，蓄泄及时，即濒湖千余顷田无凶年矣。（原注：州图经云：“湖水溉田五百顷。”谓系田也，今按水利所及，其公私田不啻千余顷。）自钱唐至盐官界，应溉夹官河田，放湖入河，从河入田。准盐铁使旧法，又须先量河水浅深，待溉田毕，却还本水尺寸。往往旱甚，即湖水不充。今年修筑湖堤，高加数尺，水亦随加，即不啻足矣。脱或不足，即更决临平湖，添注官河，又有余矣。虽非浇田时，若官河干浅，但放湖水添注，可以立通舟船。俗云：决放湖水，不利钱唐县官。县官多假他辞以惑刺史。或云鱼龙无所托，或云菱茭失其利。且鱼龙与生民之命孰急？菱茭与稻粮之利孰多？断可知矣。又云放湖即郭内六井无水，亦妄也。且湖底高，井管低，湖中又有泉数十眼，湖耗则泉涌，虽尽竭湖水，而泉用有余；况前后放湖，终不致竭，而云井无水，谬矣！其郭内六井，李泌相公典郡日所作，甚利于人，与湖相通，中有阴窦，往往堙塞，亦宜数察而通理之。则虽大旱，而井水常足。湖中有无税田约数十顷，湖浅则田出，湖深则田没。田户多与所由计会，盗泄湖水，以利私田。其石函、南笕，并诸小笕闼，非浇田时，并须封闭筑塞，数令巡检，小有漏泄，罪责所由，即无盗泄之弊矣。又若霖雨三日已上，即往往堤决。须所由巡守预为之防。其笕之南，旧有缺岸，若水暴涨，即于缺岸泄之；又不减，兼于石函、南笕泄之，防堤溃也。大约水去石函口一尺为限，过此须泄之。余在郡三年，仍岁逢旱，湖之利害，尽究其由。恐来者要知，故书于石。欲读者易晓，故不文其言。长庆四年三月十日，杭州刺史白居易记。

白居易在《钱唐湖石记》中详细记述了怎样治理西湖，保持湖水的平衡，确保湖水能很好地灌溉农田。具体有以下规定：一是开闸放西湖水灌溉田地，湖水每降低一寸，可以灌溉十五余顷田地，为了按照田地面积计量放水，要派遣两名军士，一个站在田头，一个站在湖边，相互传递消息，确保不浪费湖水。二是每逢干旱年头，百姓请求放水，须允许他们直接到州府投状，由刺史核准，当天便准予放水。如果像平常一样经过繁杂的审批程序，官府发文到县、再由县到乡，一连十几天，待湖水流到田里，禾苗早就枯死了。三是从钱塘县到盐官县的地界，可利用官河水（大运河）来灌溉，若官河水位低，可借西湖水进入官河，灌溉完毕后，仍将多余的河水还给西湖。四是如西湖的水仍不够，就挖开余杭县和盐官县境内的临平湖湖堤，放水进入官河。由此可以看出，白居易不仅是一位诗人，还是一位水利专家。

每当我们读到"水光潋滟晴方好，山色空蒙雨亦奇。欲把西湖比西子，淡妆浓抹总相宜。""毕竟西湖六月中，风光不与四时同。接天莲叶无穷碧，映日荷花别样红"这些著名诗句，就会想到西湖的妩媚。西湖能有今天的美丽，也有白居易的一份功劳。

白居易在杭州辛勤工作期间，朝廷发生了一件大事。

唐穆宗和他的父皇唐宪宗一样迷恋上了金石之药，还没有等到丹药毒发就在长庆四年（824 年）正月二十二日驾崩于他的寝殿，时年三十岁。正是贪生之心太甚，反而加速了他的死亡。长子李湛即位柩前，时年十六，是为唐敬宗，改年号"宝历"。

当年五月，白居易被召回长安任太子左庶子，分司东都洛阳，就在这一年，白居易在洛阳履道里购置了房产，作为退隐后居住之所。

离任杭州刺史时，当地的百姓准备水酒满筵，拦路相送。白居易作为地方官吏为自己在任时无一建树而惭愧，不禁潸然泪下。因为税重，贫穷的农户很多，又因为旱田多，农民时有饥荒，自己所能做到的就只是给父老乡亲们留下一湖淡水（指在钱塘增筑湖堤工程），遇到干旱之年救救灾荒罢了。《别州民》一诗便体现了白居易心有余而力不足的无奈心情：

耆老遮归路，壶浆满别筵。
甘棠无一树，那得泪潸然。
税重多贫户，农饥足旱田。
唯留一湖水，与汝救凶年。

白居易离开杭州后，元稹到绍兴做浙东观察使，路过杭州时，发现当地人为了表达对白居易的怀念，出生的男孩都取名为“白”，“自此一州人，生男尽名白”，这与秦桧后代来到岳飞的墓前所发出的“人从宋后羞名桧，我到坟前愧姓秦”之慨叹形成鲜明对照。

十、山塘街上留身影

宝历元年（825 年）三月，白居易又被任命为苏州刺史。在刺史任上，白居易非常敬业，他在《秋寄微之十二韵》中提到，他当时一大清早公案上就堆满了公文，直到黄昏才能下班回家。

白居易了解到苏州有些河道已淤积不通，妨碍水运，便主持开凿了一条长七里，西起虎丘、东至阊门的山塘河。山塘河河北修建道路，叫“七里山塘”，简称“山塘街”。白居易离任后，苏州百姓就把山塘街称为“白公堤”，后人又在虎丘山修建了“白公祠”，来纪念曾任苏州刺史的白居易。

白居易在苏州虽然任职时间不长，但深受百姓的爱戴，离任时州民夹道欢送，依依不舍。刘禹锡有诗云：“苏州十万户，尽作婴儿啼。”

十一、中隐也能闻酒香

大和元年(827)二月，白居易眼疾发作(《眼病二首》：散乱空中千片雪，蒙笼物上一重纱。纵逢晴景如看雾，不是春天亦见花)，骑马又摔伤了腿，担心影响工作，便向朝廷提出辞呈，朝廷也同意了他的请求。白居易回到洛阳，三月征拜秘书监，次年二月转任刑部侍郎，封晋阳县男。其间，829 年春至 830 年任太子宾客分司，830 年至 833 年任河南尹，833～835 年再授太子宾客分司、太子少傅分司。会昌二年(842 年)，以刑部尚书致仕(退休)。

白居易一生信奉“穷则独善其身，达则兼济天下”的人生哲学，几十年的宦海生涯，让他看清了在朝廷做官的风险和宦海沉浮的不确定性，在洛阳过起了半官半隐的生活。他说大隐隐于朝，太嚣喧；小隐无俸钱，容易闹饥寒；所以还是中隐的好。一方面，中隐隐在分司东都，距朝廷较远，能躲避风险；另一方面，继续做官，可以领取俸禄，解决吃饭、穿衣、喝酒的问题。及至后来发生的“甘露之变”，奉行“中隐”的白居易幸运地躲过了一场灾难。

五十八岁的白居易还专门写了一首《中隐》诗：

大隐住朝市，小隐入丘樊。丘樊太冷落，朝市太嚣喧。
不如作中隐，隐在留司官。似出复似处，非忙亦非闲。
不劳心与力，又免饥与寒。终岁无公事，随月有俸钱。
君若好登临，城南有秋山。君若爱游荡，城东有春园。
君若欲一醉，时出赴宾筵。洛中多君子，可以恣欢言。
君若欲高卧，但自深掩关。亦无车马客，造次到门前。
人生处一世，其道难两全。贱即苦冻馁，贵则多忧患。
唯此中隐士，致身吉且安。穷通与丰约，正在四者间。

《中隐》诗作于大和三年(829 年)，白居易时在洛阳，为太子宾客分司。古人早有大隐、小隐之说。大隐隐于朝，比如西汉的东方朔；小隐隐于市；“中隐”则是白居易首创。其意于诗中得到解说：“中隐”者，置身“出”与“处”、忙与闲、贱与贵、穷与通诸对立面之间，不受职责的约束，没有在官尽责的心理负担，做闲散的东都分司官最为合适。

本诗是白居易晚年安居洛阳的宣言。从此白居易与裴度、刘禹锡整日酣畅宴饮，放声吟唱，纵情谈论，借吟诗、饮酒、弹琴、书法自娱其乐，抒发情感。

数次出任宰相的裴度辞官居家后不再把仕途的进退放在

心上，便在东都的集贤里建立府宅，构筑假山，开凿池塘，种植竹树，修建风亭水榭、梯桥架阁，岛屿四环，极尽都城的丽色佳境。另在午桥建造别墅，栽培花木万株，其中修建了一座歇凉避暑的亭阁，名叫“绿野堂”，引入清水灌注其中，导引分流贯通有序，两岸景物交相映衬。

绿野堂那一树树盛开的鲜花，让白居易艳羡不已，就连路过的百姓也啧啧称赞，足见裴度精心建设的绿野堂繁花似锦，让人流连忘返。

奉和令公绿野堂种花

绿野堂开占物华，路人指道令公家。
令公桃李满天下，何用堂前更种花。

白居易在东都洛阳中隐期间写了一首《醉吟先生传》，文中说，他一生有三个爱好：游玩、喝酒、作诗。与平泉客韦楚游玩时很融洽，相互之间无拘无束，有时兴致来了就忘了回家。与彭城刘梦得（刘禹锡）为诗友，经常在一起写诗唱和。与安定皇甫朗之为酒友，时常抱琴引酌，兴尽而返。又说做到了三不：不贪污、不赌博、不食丹药。白居易说，我今年六十七岁了，胡须全白了，头也秃了，牙齿也掉了，但饮酒、咏诗的兴致仍然很高。他也曾对妻子说，今天之前，我是这样，今天之后，就不知道了。在分司东都洛阳期间，白居易是恬淡的，幸福的，快乐的。

十二、是我青山独往时

太和九年(835 年),朝廷发生的"甘露之变",是中国古代宫廷中较为惨烈的流血事件,一日之内 600 多名朝官被杀,唐文宗也被宦官软禁。"甘露事变"的发生,更坚定了白居易中隐的决心。

"甘露之变"的经过是这样的。

安史之乱后,唐朝宦官势力开始坐大。唐德宗时期委任宦官掌管禁军并且成为定制,从此宦官势力变得不可抑制。宝历二年(826 年)十二月,唐敬宗被宦官刘克明杀害,另一宦官王守澄立李昂为帝,是为唐文宗。

唐文宗登基后就非常恨这些宦官,极力反对宦官专权,究其原因在于其祖父唐宪宗是被宦官毒死的,兄长唐敬宗也是被宦官杀害的。因此他暗暗下定决心,坚决要将这些宦官铲除殆尽。

登基四年,唐文宗与宰相宋申锡合谋,想一起除掉宦官。由于计划泄露,没有成功,但铲除宦官的决心丝毫没有改变。

唐文宗又开始新一轮的策划,他任命李训为宰相,主持朝廷政务;又任命李训的亲信韩约为金吾左仗大将军,带领一支军队驻扎在朝廷附近;任命郑注为凤翔节度使,统率一支军队,驻扎在长安附近。唐文宗认为,这一次预谋计划比较周密,朝里有李训,军队离京城很近,计划一旦实施,可以里应外合,内外呼应,铲除宦官心中很有把握。

一场有预谋的政治搏杀由此展开……

史书记载，大和九年（835 年）十一月二十一日，唐文宗与李训、郑注、韩约预谋的诛杀宦官计划正式开始实施。

这天早晨，唐文宗驾临紫宸殿，朝臣分班站定，金吾左仗大将军韩约向唐文宗不按规定报平安，奏道："昨晚金吾左仗院内石榴树夜降甘露，为祥瑞之物。"宰相百官依次称贺，李训奏道："甘露降下吉祥，福在宫禁，皇上应亲临左仗院观看。"夜降甘露，即刻退班，皇帝移步含元殿后，命宰相李训带领官员先行前去观看。不大一会儿工夫，李训回到宫中向唐文宗报告，昨夜降在石榴树上的有点不太像甘露。

唐文宗故作惊讶，假装不相信李训等的汇报，按照事先预谋再次派仇士良、鱼弘志等宦官头子带领一群宦官前去验查甄别。仇士良、鱼弘志等宦官们到达金吾院后，看到前来迎接的将军韩约惊慌失措，不敢抬头，满头冒汗，立即警觉起来。碰巧，忽然一阵风刮来，把一个帐幕吹开，帐幕里露出了躲藏的士兵，个个手握刀枪，仇士良、鱼弘志立即明白若不离开此地接下来将要发生什么，于是，马上带领宦官逃回了皇宫。

慌乱之中的仇士良、鱼弘志深知，此时谁掌握了皇帝，谁就能立于不败之地。他们返回含元殿后，强行把唐文宗推进轿子里，迅速回到内殿，李训等看到皇帝被抬走，上前去阻拦时被打伤。

仇士良、鱼弘志等人挟持文宗返回内殿后，马上关闭宫门，以皇帝的名义下诏，派出神策军五百人拔刀冲出阁门，逢人便杀，一时间长安大街血流成河。这次政治事件中，死者数以千计，除李训、郑注外，李训党羽多人亦被捕杀，宰相王涯、舒元舆、贾悚等人则被腰斩，史称“甘露之变”。

仇士良、鱼弘志认为，唐文宗事前已与李训、郑注共谋，此事变后他们对唐文宗更加不敬不满，时常挖苦、辱骂唐文宗。“甘露之变”后，生杀大权都由宦官们把持，作为皇帝的唐文宗也彻底被架空。“天下事皆决于北司，宰相行文书而已。”宦官“迫胁天子，下视宰相，陵暴朝士如草芥”。唐文宗处处受制于宦官，忧郁成疾，郁郁而终。

被宦官幽禁的唐文宗曾对大臣们说，我的悲惨命运还不及汉献帝好，汉献帝受制于诸侯，而我却受制于家奴。《旧唐书》这样评价唐文宗：有帝王之道，而无帝王之才，“虽旰食焦虑，不能弭患，惜哉”。

《旧唐书》这样评价受唐文宗重用的两个人：“训、注狂狡之流，制御无术，矢谋既误，几致颠危。”

由此看来，“甘露之变”的失败并非偶然。

“甘露之变”发生时，白居易正独自游乐于洛阳香山之中，他虽钟情于山水，但仍时刻关注着朝堂的变化。

“甘露之变”不仅震惊了全国，也撼动了大唐基石。白居易听到消息后，一方面表示震惊，另一方面为自己选择“中隐”免灾而庆幸，更为遇难的官员深深惋惜，于是作《九年十一月二十一日感事而作(其日独游香山寺)》一诗：

祸福茫茫不可期，大都早退似先知。

当君白首同归日，是我青山独往时。
顾索素琴应不暇，忆牵黄犬定难追。
麒麟作脯龙为醢，何似泥中曳尾龟？

白居易在诗中说：祸与福看着茫茫没有定数，及早抽身退出朝政的人，好似先知一般。你们在朝廷上做大官这么久，都到了头发花白的年龄了，却一同被杀害，真为你们惋惜。正是那天，我正独自逍遥游玩于香山，估计你们连像嵇康在临刑前索要素琴再弹一曲《广陵散》的机会也没有，正如李斯回忆带着自己的孩子、牵着黄犬去东门打猎的时候追悔莫及一样。麒麟因为珍奇才被做成干肉片，腾龙因为稀有才被剁成了肉酱，哪里比得上不起眼的乌龟在泥塘里摇着尾巴自由自在地爬行呢？

“当君白首同归日，是我青山独往时。”这句诗中的“君”字曾引起后代不少学者的反复讨论，也产生了不同的理解。最有代表的是北宋的苏轼和章惇。

“甘露之变”被杀的宰相有四人，苏轼认为“白乐天为王涯所谗，谪江州司马。乐天有诗云“当君白首同归日，是我青山独往时”，不知者以为幸之，乐天岂幸人之祸者哉，盖悲之也”，意思是“君”指的是几个人。而章惇认为“君”是单指王涯一人，元和年间王涯任中书舍人时上疏把白居易贬为江州司马，现在王涯被杀了，白居易肯定是幸灾乐祸。

“白首同归”是个成语，典出晋潘岳《金谷集作诗》：“投分寄石友，白首同所归。”西晋时，官员石崇与潘安感情交好，两个人经常一起喝酒交游，形影不离，商量待将来白发年老后就一起归隐山林。后来,石崇购得一位歌姬绿珠,体态丰韵,舞姿优美,孙秀非常眼馋,做梦都想得到。于是就以谋反为由,设计陷害石崇、潘安。行刑那天,潘安对石崇说,原先约定我们白首时一同归隐山林,这句话果然言中了。潘安写了这么一句"投分寄石友,白首同所归",竟然一语成谶。

白居易或许与王涯有矛盾,但与其他三位宰相关系很好,所以笔者认为,诗中的"君"字是复数,而不是单数。白居易和苏轼才是真君子。章惇与苏轼是同科进士,前期仰慕苏轼才能与其交好,经常一起交游山林、诗酒唱和。后来章惇官至宰相后拼命迫害苏轼,建议皇帝贬苏轼至惠州、儋州。后章惇也遭贬谪,苏轼得知后马上写信安慰,还寄去药物助其治病,章惇收到药物后,羞愧难当。章惇这样理解白居易诗句中的"君"意,是真正地以小人之心度君子之腹。

从此,白居易终日和刘禹锡以及退居在家的宰相裴度在一起饮酒,相互唱和酬答,不再关心时事政治,结束了终日战战兢兢的仕途生涯,过上了知足常乐的乐天生活。

要问白居易几十年的仕途生涯是否廉洁?可以明确地告诉大家:非常廉洁。白居易任左拾遗时经常直言进谏,弹劾不法官员,如果不廉洁,可能早早就被贬官了。新旧唐书曾记载,白居易在即将离任杭州刺史时,把剩余的薪水都捐给了公库,留给下一任的刺史办公事。离开杭州时,老百姓还提着酒肉为他送行,千方百计地挽留他。如果他是贪官,老百姓还会挽留他吗?还会提着酒肉为他送行吗?可能早就开始放鞭炮"庆祝"了。

第四章　白居易的交友

白居易一生结交了很多朋友，前面也介绍了几位，下面再介绍几位。

白居易是诗人，诗人相交，必有和诗。唐代人们作酬和诗时，大都首先答其来意，不像宋代人拘泥于原诗的次序音韵。白居易和朋友和诗就好像钟罄一样，如果用槌叩击它，那么必然有声音相应，往来诗所复，意涵哲无穷，同气自相求，同声有所应。下面我们看一看白居易是怎样交友与和诗的。

一、白居易与张籍：莫待春深去，花时鞍马多

张籍（约 766～830），唐代中后期诗人，贞元十五年进士，曾任水部员外郎。

张籍也是一位正直的官员，他面对地方节度使李师道的拉拢，曾作《节妇吟·寄东平李司空师道》以诗明志，并将书信

币帛一同退还：

君知妾有夫，赠妾双明珠。
感君缠绵意，系在红罗襦。
妾家高楼连苑起，良人执戟明光里。
知君用心如日月，事夫誓拟同生死。
还君明珠双泪垂，恨不相逢未嫁时。

张籍大白居易六岁，比白居易早一年中进士，他们的交往大约是从元和初年开始的，白居易任左拾遗兼翰林学士时，张籍任太常寺太祝，自感怀才不遇且疾病缠身，很想见到白居易交流一下思想，故写诗赠白居易："自掌天书见客稀，纵因休沐锁双扉。几回扶病欲相访，知向禁中归未归。"从这首诗里可以看出，白居易与张籍从前经常见面，而自从白居易成为朝廷近臣以后见面就少了。白居易收到张籍的诗后，马上作出反应，作《答张籍·因以代书》："怜君马瘦衣裘薄，许到江东访鄙夫。今日正闲天又暖，可能扶病暂来无？"白居易在诗中谦虚而又十分热情地欢迎张籍到访。

久未升迁、病体未愈的张籍又写诗抒发内心的苦闷，再次表达与白居易相见的想法，即《病中寄白学士拾遗》："秋亭病客眠，庭树满枝蝉。凉风绕砌起，斜影入床前。梨晚渐红坠，菊寒无黄鲜。倦游寂寞日，感叹蹉跎年。尘欢久消委，华念独迎延。自寓城阙下，识君弟事焉。君为天子识，我方沉病缠。无因会同语，悄悄中怀煎。"

白居易马上写诗相赠，在诗中一方面赞美张籍的诗文风采，另一方面为不能与张籍见面深表遗憾，所作诗为《酬张太祝晚秋卧病见寄》："高才淹礼寺，短羽翔禁林。西街居处远，北阙官曹深。君病不来访，我忙难往寻。差池终日别，寥落经年心。露湿绿芜地，月寒红树阴。况兹独愁夕，闻彼相思吟。上叹言笑阻，下嗟时岁侵。容衰晓窗镜，思苦秋弦琴。一章锦绣段，八韵琼瑶音。何以报珍重，惭无双南金。"

白居易和张籍在之后二十年的交往中，始终保持着亲密的关系，以诗词相互鼓励，以不能相见而思念。

元和九年，白居易丁忧期满返回朝堂，任太子左赞善大夫，他看到张籍的职务还没有提升，写诗《酬张十八访宿见赠》：

昔我为近臣，君常稀到门。今我官职冷，君君来往频。
我受狷介性，立为顽拙身。平生虽寡合，合即无缁磷。
况君秉高义，富贵视如云。五侯三相家，眼冷不见君。
问其所与游，独言韩舍人。其次即及我，我愧非其伦。
胡为谬相爱，岁晚逾勤勤。落然颓檐下，一话夜达晨。
床单食味薄，亦不嫌我贫。日高上马去，相顾犹逡巡。
长安久无雨，日赤风昏昏。怜君将病眼，为我犯埃尘。
远从延康里，来访曲江滨。所重君子道，不独愧相亲。

白居易在诗中说："我当年是天子近臣时你是稀客，如今我是冷官时你是常客，我们一相见就从夜晚谈到早晨，经常到曲江郊游，相互之间推心置腹，你把友谊看得珍贵，把富贵看得如云，你真是一位君子。"诗中同时指出张籍职务未升迁的原因，夸赞张籍的人品贵重高洁。

元和时期，白居易与元稹、李绅、张籍、王建等诗人写作乐府诗，常抨击时政，讽喻朝廷腐败官员、社会弊病等，共同倡导新乐府运动。

元和十年（815 年），白居易在长安读了张籍的古乐府诗后，写诗给予高度评价，同时也阐述了自己的文学主张："为诗意如何，六义互铺陈。风雅比兴外，未尝著空文。"这是对《诗经》反映社会现实之传统的继承。白居易由诗及人，感慨"时无采诗官"，担心新乐府诗不能传扬开来，又对张籍的困苦境遇深表同情。

读张籍古乐府

张君何为者，业文三十春。尤工乐府诗，举代少其伦。
为诗意如何，六义互铺陈。风雅比兴外，未尝著空文。
读君学仙诗，可讽放佚君。读君董公诗，可诲贪暴臣。
读君商女诗，可感悍妇仁。读君勤齐诗，可劝薄夫敦。
上可裨教化，舒之济万民。下可理情性，卷之善一身。
始从青衿岁，迨此白发新。日夜秉笔吟，心苦力亦勤。
时无采诗官，委弃如泥尘。恐君百岁后，灭没人不闻。
愿藏中秘书，百代不湮沦。愿播内乐府，时得闻至尊。
言者志之苗，行者文之根。所以读君诗，亦知君为人。
如何欲五十，官小身贱贫。病眼街西住，无人行到门。

张籍官职升迁，作为好友，白居易比自己职务升迁还要高兴，专门赠诗《喜张十八博士除水部员外郎》表示祝贺：

老何殁后吟声绝，虽有郎官不爱诗。
无复篇章传道路，空留风月在曹司。
长嗟博士官犹屈，亦恐骚人道渐衰。
今日闻君除水部，喜于身得省郎时。

全诗以“喜”字贯穿全篇，八句一气呵成，自然流畅。诗人称自何逊（南朝梁何逊，字仲言，曾任尚书水部郎，有“何水部”之称，唐朝人颇推崇何逊，杜甫称“能诗何水曹”）后，郎官中再无诗人。颔联二句顺势而下，极力铺写郎官乏人，亟待有才之士充实其中。颈联与颔联相应，推及张籍文采卓越，恰是郎官所需之人，自然道出末句名副其实之“喜”。

白居易不仅与好友诗词唱和，还相约一同游曲江。

长庆二年（822 年）春，白居易、张籍同游曲江，白居易去得较早，回来后写诗赠张籍，即《曲江独行招张十八》：“曲江新岁后，冰与水相和。南岸犹残雪，东风未有波。偶游身独自，相忆意如何。莫待春深去，花时鞍马多。”张籍读了白居易的诗后来了兴趣，欣然前往，赠诗白居易，即《酬白二十二舍人早春曲江见招》：“曲江冰欲尽，风日已恬和。柳色看犹浅，泉声觉渐多。紫蒲生湿岸，青鸭戏新波。仙掖高情客，相招共一过。”

白居易的诗文中，张籍是他夸赞较多的朋友之一。

大和四年（830 年），张籍病逝，作为好友的白居易一定非常悲痛，只可惜没有留下悼念的诗文。

二、白居易与韩愈：何必更随鞍马队，冲泥蹋雨曲江头

韩愈（768～824），字退之，河南河阳（今河南孟州）人，自称“郡望昌黎”，世称“韩昌黎”“昌黎先生”，是“唐宋八大家”之一。

中唐时期，很多人喜欢白居易的诗，读起来朗朗上口，通俗易懂。但韩愈认为，白居易的诗太过市井，用典少，缺乏文学色彩，时间一长，两人就产生了一些隔阂。后来，韩愈感到白居易是一位正人君子，后悔原来说的话太过了，总想找个机会解释一下，于是就想到了他们共同的朋友张籍。

张籍考虑再三，想出一个办法，同游曲江，如果成行，两人不仅可以冰释前嫌，还能一同欣赏美景，诗词唱和。韩愈听张籍一说，认为这个办法好，既不失面子，又能消除误会，一举两得。

张籍得到韩愈的首肯后，立即相邀，白居易也喜欢游曲江，面对张籍的诚恳邀请，当时没有拒绝。

出发那天，白居易没有如约而至，韩愈只好和自己的学生张籍两人同游曲江了。回到家中，韩愈闷闷不乐，思来想去总觉得不是滋味，认为自己无论官职还是名气都比你白居易大得多，我诚心相邀，你先答应后失约，一定写首诗让你知道我对你白居易是有点意见的，于是写下一首《同水部张员外籍曲江春游寄白二十二舍人》就寄赠给了白居易：

漠漠轻阴晚自开，青天白日映楼台。

曲江水满花千树，有底忙时不肯来。

这首诗主要描写了雨后曲江两岸的美丽景色，表达了韩愈对大自然的热爱之情，同时也抒发了韩愈被白居易拒绝后的遗憾之意。全诗构思巧妙，写景优美动人，写情自然妥帖。

曲江，即曲江池，是唐代著名游览胜地，在今陕西西安东南。

诗的前两句“漠漠轻阴晚自开，青天白日映楼台”，即淡淡的阴霾在傍晚时分自行散开了，露出了背后的蓝天、白云、太阳，它们同楼台一起倒映在水中，相映成画，让读者联想到曲江雨后水涨新碧、万物清新的场景，以及蓝天、白云、太阳同楼台照映在水中的绝美景象。

第三句“曲江水满花千树”，即在曲江上，姹紫嫣红的花树倒映在江水之中，尽显“镜中之花”的美感。

诗的最后一句，将笔锋一转，以略带嗔怪的语气责问白居易“有底忙时不肯来”。你有什么事那么忙啊，相约都不肯来？虽然韩愈没有直接表露自己被白居易“放鸽子”后的失望与埋怨，但从其描写的曲江水色中就可以得知辜负这良辰美景是多么可惜。

白居易收到韩愈这首诗后，也回了一首《酬韩侍郎张博士雨后游曲江见寄》：

小园新种红樱树，闲绕花行便当游。

何必更随鞍马队，冲泥蹋雨曲江头。

这首诗的最后两句意思是：我也没有必要像那些吹捧你的人一样，踩着泥、淋着雨和你们去曲江游玩吧。

白居易在《白氏长庆集·思旧(五古)》中记述："闲日一思旧，旧游如目前。再思今何在，零落归下泉。退之服流黄，一病讫不痊。微之炼秋石，未老身溘然。杜子得丹诀，终日断腥膻。崔君夸药力，经冬不衣棉。或疾或暴夭，悉不过中年。唯余不服食，老命反迟延。况在少壮时，易为嗜欲牵。但耽荤与血，不识汞与铅。饥来吞热面，渴来饮寒泉……"白居易在这首五言古体诗中告诉人们，要想延年益寿，千万不要吞食丹药，而要"饥来吞热面，渴来饮寒泉"，而韩愈就是因为服食"仙丹"病故的。

唐朝人大都信奉道教，服食丹药是一种时尚，认为可以长生不老。如李白有《嵩山采菖蒲者》："我来采菖蒲，服食可延年。言终忽不见，灭影入云烟。"《焦山望寥山》中也有"安得五彩虹，驾天作长桥。仙人若爱我，举手来相招"。其实韩愈在当初曾强烈反对服用丹药延年益寿，他是不是因服用丹药病逝的，后代专家学者对此说法不一，有待于进一步考证，这里不再赘述。

其实白居易与韩愈仕途相近，年龄相近，理想性情也相近，白居易对韩愈还是非常敬重的，韩愈对白居易的文风也是肯定的。韩愈倡导古文运动，注重散文，白居易倡导新乐府运动，注重诗赋，究其实质可以说是异曲同工。两位文人都是唐朝新文风的提倡者、推动者，都对中国文化的发展起到了极大的推动作用。

三、白居易与刘禹锡：为我引杯添酒饮，与君把箸击盘歌

刘禹锡（772～842），字梦得，洛阳人，唐代文学家、哲学家，有“诗豪”之称。贞元九年（793年）进士及第，历任连州刺史、苏州刺史等职。著有《陋室铭》《竹枝词》《乌衣巷》等。

友情的深度有时不是以相逢时间长短来论的，有的人虽然认识很久，但友情泛泛；有的刚认识，就能相见恨晚，为彼此两肋插刀；有的虽终生未谋面，但神交已久。所以，刘禹锡与白居易虽是初逢，但二人都是当世的大文豪，相互之间神交已久，一相逢便产生了惺惺相惜的深厚友情。

刘禹锡与白居易同岁，都出生于大历七年（772年），而且也有着相似的一再被贬的不幸经历。刘禹锡因永贞革新失败，被贬连州刺史，人到江陵时追诏再贬为郎州司马。白居易虽没有直接参与永贞革新，但内心是支持的，与刘禹锡也是心灵相通的。永贞革新失败后不久，白居易曾寄诗百首给刘禹锡，刘禹锡则作《翰林白二十二学士见寄诗一百篇因作答》：“吟君遗我百篇诗，使我独坐形神弛。玉琴清夜人不语，琦树春朝风正吹。郢人斤斫无痕迹，仙人衣裳弃刀尺。世人方内欲相寻，行尽四维无处觅。”

在这首诗里，刘禹锡高度赞赏白居易的诗，称其如同仙人不用刀尺做的衣服，没有一点瑕疵，世上少见。由此可知，他们二人早年就有诗文交往了。

宝历二年(826 年)十月,白居易因病罢苏州刺史,刘禹锡也离任和州,二人在扬州相遇,这可能是他们二人第一次见面,因而更是亲热无比,悲喜交加。宴会上,白居易亲自把箸击盘,慷慨悲歌:“为我引杯添酒饮,与君把箸击盘歌。诗称国手徒为尔,命压人头不奈何。举眼风光长寂寞,满朝官职独蹉跎。亦知合被才名折,二十三年折太多。”(《醉赠刘二十八使君》)在这首诗里,白居易认为刘禹锡人品一流,诗词堪称“国手”,然而就是这样一位“国手”,却被贬谪远郡长达二十多年。白居易对刘禹锡的遭遇深为同情,也觉得当朝对刘禹锡太不公平。

刘禹锡听了白居易所吟之诗非常感动,即席回赠白居易一首《酬乐天扬州初逢席上见赠》:“巴山楚水凄凉地,二十三年弃置身。怀旧空吟闻笛赋,到乡翻似烂柯人。沉舟侧畔千帆过,病树前头万木春。今日听君歌一曲,暂凭杯酒长精神。”刘禹锡在诗里对自己的遭遇表示极大的悲愤和哀怨,同时也表达了自己不屈不挠的抗争精神。“沉舟侧畔千帆过,病树前头万木春”这两句历经千年传唱不衰的经典诗句,就是这种精神的准确写照。另外,刘禹锡也对白居易的慰藉和关怀表达了感激之情。

“沉舟侧畔千帆过,病树前头万木春”两句诗运用比喻,借用自然景物的变化暗示社会的发展,蕴涵哲理,预示新生事物必然战胜旧事物。刘禹锡借“沉舟”“病树”感叹自己屡遭贬谪,老病侵袭,以致无所作为。不过,他同时用“千帆过”“万木春”来表达他为天下间仍有不少志同道合的朋友而深感欣慰。“沉舟”“病树”是常有的事，然而沉船事件发生后，千帆仍然浩浩荡荡，这里的树木枯败了，那边的树林还十分茂盛，由此可以想见，不论碰到什么样的困难或挫折，永远保持乐观向上的心态是最重要的。让我们的心中永远留住这春天的美景，念念向善，念念向生。

自此以后，他们二人不管同居长安还是同居洛阳，也不论是否分居两地（白居易长期生活在洛阳，刘禹锡先后在苏州、汝州、同州任刺史），其诗文交往从未间断过。

大和五年(831年)十月，刘禹锡由礼部郎中、集贤学士转任苏州刺史，在赴任途中路过洛阳停留了十五天，与时任河南尹的白居易朝觞夕吟，谈诗论文，临别时二人难分难舍，白居易专门冒雪在福先寺为刘禹锡饯行，席间白居易吟咏《醉中重留梦得》一诗：“刘郎刘郎莫先起，苏台苏台隔云水。酒盏来从一百分，马头去便三千里。”刘禹锡随即吟出四句作为酬答：“洛城洛城何日归？故人故人今转稀。莫嗟雪里暂时别，终拟云间相逐飞。”白居易在诗里劝刘禹锡“莫先起”，因为这一别不知何日才能再相见，刘禹锡则在诗里劝慰白居易这只是“暂时别”，终究还是要见面的，到那时咱们二人就能“云间相逐飞”了，由此可以看出，白居易与刘禹锡之间的感情是多么深厚。

刘禹锡知道白居易爱鹤，到苏州后，设法弄到了一只华亭鹤寄给远在洛阳的老友白居易，白居易非常高兴，随即写诗感谢刘禹锡，说这只华亭鹤“一只重千金”。刘禹锡知道白居易爱喝酒，又有酿酒的技艺，便专门从苏州寄来上等糯米，适逢在浙东观察使任上的李绅给白居易寄来杨柳枝舞衫，白居易见到这两件东西，高兴得手舞足蹈，遂作《尝酒试衫辄成长句寄谢之》一诗：“柳枝慢踏试双袖，桑落初看尝一杯。金屑醅浓吴米酿，银泥衫稳越姓裁。舞时已觉愁眉展，醉后仍教笑口开。惭愧故人怜寂寞，三千里外寄欢来。”

白居易一边喝着自酿的糯米酒，一边穿着杨柳枝舞衫“慢踏试双袖”，那情那景，让人着实感到了诗人“不知老之将至”的兴奋喜悦之情。

白居易与刘禹锡二人的唱和诗很多。大和三年（829年），白居易辑录《刘白唱和集》上、下两卷，他在这年三月五日写的《刘白唱和集解》中说：“彭城刘梦得，诗豪者也。……一二年来，日寻笔砚，同和赠答……至大和三年春已前，纸墨所存者，凡一百三十八首。……因命小侄龟儿编录，勒成两卷，仍写二本：一付龟儿，一授梦得小儿仑郎，各令收藏，附两家集。”三年后，白居易又续编《刘白唱和集》为上、中、下三卷。开成元年（836年），刘禹锡罢同州刺史，以太子宾客分司东都，二人同居洛阳，白居易居履道里，刘禹锡居集贤里，于是“履道集贤来往频”，“百余步地更相亲”，二人见面更方便，唱和也更频繁。这年，《刘白唱和集》第四卷《汝洛集》编成。

诗人相见，喝酒摆宴，你问我答，你言我酬，诗词唱和，尽显风流雅韵，你作春词，我和春词，你咏老，我酬老。诗人的唱和体现了很多哲理，为我们开启了人生的航向，展现了昂扬向上的乐观态度。

春词唱和

白居易　春词

低花树映小妆楼，春入眉心两点愁。

斜倚栏干背鹦鹉，思量何事不回头。

刘禹锡　和乐天春词

新妆宜面下朱楼，深锁春光一院愁。

行到中庭数花朵，蜻蜓飞上玉搔头。

咏老酬答

白居易　咏老赠梦得

与君俱老也，自问老何如。眼涩夜先卧，头慵朝未梳。

有时扶杖出，尽日闭门居。懒照新磨镜，休看小字书。

情于故人重，迹共少年疏。唯是闲谈兴，相逢尚有馀。

刘禹锡　酬乐天咏老见示

人谁不顾老，老去有谁怜。身瘦带频减，发稀冠自偏。

废书缘惜眼，多炙为随年。经事还谙事，阅人如阅川。

细思皆幸矣，下此便翛然。莫道桑榆晚，为霞尚满天。

白居易和刘禹锡在诗歌上都有很深的造诣，一个是诗魔，一个是诗豪，然而他们没有忘记相互学习，白居易的《竹枝词》就是从刘禹锡那里学来的。

竹枝词·瞿塘峡口冷烟低

白居易

瞿塘峡口冷烟低，白帝城头月向西。
唱到竹枝声咽处，寒猿晴鸟一时啼。
竹枝苦怨怨何人，夜静山空歇又闻。
蛮儿巴女齐声唱，愁杀江楼病使君。
…………

陈寅恪在《元白诗笺证稿》中评述道："乐天一生之诗友，前半期为元微之，后半期则为刘梦得。而于梦得之诗，倾倒赞服之意，尤多于微之。此甚可注意者也。"

晚年的白居易和刘禹锡体弱多病，相同的经历让二人经常在一起抒发情怀，排解内心的苦闷。两位诗人虽无力改变现状，但兼济天下的宏愿大志并没有泯灭，唯有尽力为百姓谋福，才能慰藉内心的忧愁，白居易以施财凿通龙门八节石滩的善举诠释了"争得大裘长万丈，与君都盖洛阳城"的美好心愿，刘禹锡则以"聆朔风而心动，盼天籁而神惊"为喻，期望为社会、为国家继续出力。这两位中唐时期的大诗人自青年至老年心心相印，志同道合，时人因此把他俩相提并论，称为"刘白"。

短短相守七年之后，会昌二年（842 年）七月，七十岁的刘禹锡病逝，风烛残年的白居易听闻挚友谢世，痛心不已，挥泪写下《哭尚书刘梦得诗二首》，以寄托对好友的无尽思念：

其一

四海齐名白与刘，百年交分两绸缪。
同贫同病退闲日，一生一死临老头。
杯酒英雄君与曹，文章微婉我知秋。
贤豪虽殁精灵在，应共微之地下游。

其二

今日哭君吾道孤，寝门泪满白髭须。
不知箭折弓何用，兼恐唇亡齿已枯。
窅窅穷泉埋宝玉，骎骎落景挂桑榆。
夜台暮齿期非远，但问前头相见无？

在这两首诗中，白居易以“百年交分”肯定他与刘禹锡之间非同一般的深厚友情，并表达了对老友离世的极度伤心之情。老朋友走了，自己也垂垂老矣，很快也要追随老友而去，活着咱俩是志同道合的挚友，死了也照样是好朋友。另外，白居易还担心，到了“夜台”到底还能不能见到老朋友呢？

一句“杯酒英雄君与曹，文章微婉我知秋”，更说明白居易对刘禹锡诗句的叹服。陈寅恪在《元白诗笺证稿》中记述：“乐天深赏梦得诗之处，即乐天自觉其所作逊于刘诗之处。此杜少陵所谓‘文章千古事，得失寸心知’者，非他人，尤非功力远不及己之人所能置喙也。”这同时也说明了白居易的谦逊。

“杯酒英雄君与曹”一句来自曹操“青梅煮酒论英雄”。曹公曰：“天下英雄唯使君与操耳。”白居易在这一句中借此表达了另一层意思：论诗歌我们难分高低，都是优秀的诗歌国手。

韩愈、柳宗元、白居易、刘禹锡四人均是同时代人，且柳宗元、刘禹锡又都是“永贞革新”领导班子的重要成员。柳宗元二十一岁中进士，曾任永州司马和柳州刺史，其才识早已名贯朝野。白居易与韩愈、刘禹锡均有诗词往来，唯独未发现其与柳宗元的交往信息，这也是唐朝诗坛上的一个遗憾。

四、白居易与杜牧：睫在眼前长不见，道非身外更何求

杜牧(803～约852)，字牧之，号樊川居士，汉族，京兆万年(今陕西西安)人，大和二年(828年)二十六岁中进士，历任黄州、池州刺史等职。杜牧的诗歌以七言绝句著称，人称“小杜”，以别于杜甫“大杜”，与李商隐并称“小李杜”。

杜牧对白居易的隔阂主要集中在两件事上：一是白居易写了一篇《不致仕》诗，讽刺那些耳聋眼花不谋善政，对禄位恋恋不舍的仍不退休的庸官；二是没有推荐张祜参加进士考试。

白居易、杜牧年龄相差三十一岁，本不该产生矛盾，据分析，他们存在的误会主要来自两个方面：

第一，白居易任翰林学士兼左拾遗，曾作《秦中吟》讽喻诗，其中《不致仕》中有“七十而致仕，礼法有明文。何乃贪荣者，斯言如不闻？可怜八九十，齿坠双眸昏。朝露贪名利，夕阳忧子孙。金章腰不胜，伛偻入君门”的诗句，而杜牧的爷爷杜佑当时七十岁始任宰相、七十八岁致仕(退休)，杜牧认为白居易的这首《不致仕》是在讥讽他的爷爷。

第二，白居易在任杭州刺史期间没有推荐杜牧的忘年好

友张祜，而是推荐徐凝为解元，杜牧因此生怨。

白居易为什么推荐徐凝，而未推荐张祜呢？在唐朝，读书人可以“投牒自应”—— 通过投刺、延誉获得其他地方荐送，又谓“觅举”“乡贡”“取解”“得解”。白居易在杭州担任刺史时，张祜和徐凝去杭州取解，两人只能有一人取得乡试资格。测试的方式是通过现场作诗，文词相辩，考官综合评定来确定胜负。张祜和徐凝取解是在一次宴席上进行的，考官坐定，宴会开始，两位诗人待命考试。张祜首先说出自己的得意之作：“日月光先到，山河势尽来”，“树影中流见，钟声两岸闻。”然后徐凝也念出了自己的《庐山瀑布》：

虚空落泉千仞直，雷奔入江不暂息。
千古长如白练飞，一条界破青山色。

最后在座的考官通过评判，一致认为徐凝的诗写得好，应该夺得解元。

为什么徐凝诗会胜过张祜？张祜的诗句写甘露寺有“日月光先到，山河势尽来”，写金山寺诗有“树影中流见，钟声两岸闻”，张祜这两首都是衬托式的描述，而徐凝诗有生动的比喻，这是徐胜过张的主要原因。

张祜解元落选后，在没有知名人士推荐的情况下，只好去应试，结果还是时运不济，名落孙山。于是，心情苦闷的张祜想到了好友杜牧，他要到杜牧那里去诉说自己的愁苦。

时任池州刺史的杜牧在他的府邸迎来了年逾六旬、白发苍苍的张祜，好友相见，分外欣喜，杜牧设宴九峰楼，为好友接风洗尘。酒席间，杜牧举杯把盏，听完至今没有一官半职的张祜的诉说，离席眺望，唏嘘慨叹，心中涌起一阵酸楚。

宴席过后，杜牧怀着对白居易的怨恨与对张祜的同情，沉思一会儿，卷起袖子，磨墨挥笔，写下了《登池州九峰楼寄张祜》，诗中一边讥讽白居易"睫在眼前长不见，道非身外更何求"，一边夸赞安慰张祜"谁人得似张公子，千首诗轻万户侯"。

登池州九峰楼寄张祜

百感中来不自由，角声孤起夕阳楼。
碧山终日思无尽，芳草何年恨即休。
睫在眼前长不见，道非身外更何求。
谁人得似张公子，千首诗轻万户侯。

酬张祜处士见寄长句四韵

七子论诗谁似公，曹刘须在指挥中。
荐衡昔日知文举，乞火无人作蒯通。
北极楼台长挂梦，西江波浪远吞空。
可怜故国三千里，虚唱歌词满六宫。

不仅如此，杜牧还对白居易的诗歌颇有微词。

据《新唐书》记载，杜牧对白居易诗文的评价为："纤艳不逞，非庄士雅人所为，流传人间，子父女母交口教授，淫言媟语入人肌骨不可去。"意思是说，白居易纤艳不检点的诗文，不是庄重高雅的人所作的，这种诗流传人间，父子母女口口相传，会导致淫词亵语入人肌骨而不能消除。

其实在杜佑致仕时，白居易曾作《杜佑致仕制》一文赞扬杜佑：

敕：尽悴事君，明哲保身，进退始终，不失其道，自非贤达，孰能兼之？司徒同平章事杜佑，以长才名略，为国元臣，历事四朝，殆逾三纪，出专征镇，为诸侯帅，入赞台衮，为王室辅，嘉猷茂绩，中外洽闻，宠任既崇，勤劳亦至。顷以年登致仕，退请悬车，方深倚注，久未得谢，勉就牵率，迨兹累年。今抗疏披诚，至于数四，敦谕颇切，陈乞弥坚，期于必遂，理不可夺。守冲知止，佑实有焉，贤哉大夫，今古同道。宜从优异之命，式表褒崇之礼，尚资耆望，俾傅东朝。可太子太师致仕，如天气晴和，亦任朝谒。昔祁奚、申叔，皆就请老，国有大事，入议否臧。忠臣爱君，岂必在位，永观前事，期副兹怀。

称杜佑是四朝元老，辅佐朝廷兢兢业业，政绩斐然，白居易对杜佑是非常尊重的，并没有讽刺杜佑不致仕的意思。

笔者推测，也许杜牧与白居易从未谋面，或许白居易不知道这个误会，若相逢，他们经过一番诗词唱和，饮酒酬赠，也许会成为忘年之交。

五、白居易与元稹：忽忆故人天际去，计程今日到梁州

元稹（779～831），字微之，别字威明，河南洛阳人，唐朝诗人、文学家。贞元九年（793 年），明经及第，授左拾遗，曾一度

拜相。大和五年(831 年)去世,时年五十三岁。

中唐时期,白居易与元稹几乎齐名,史称“元白”。

其实,白居易诗歌影响力比元稹稍大一点,为什么不称“白元”而称“元白”呢?这是因为在唐朝“元”字是平声字,而“白”字是入声字,如果两个诗人齐名,把两个人的“姓氏”组合在一起,人们习惯把平声字放在前面,把去声、入声字放在后面,故称“元白”。

白居易的出生地在河南新郑,距离元稹的家乡洛阳只有三百里,白居易比元稹大七岁,是进士出身,唐朝进士主要考诗赋,元稹是明经出身,主要考对儒家经典的熟悉程度。

无论明经出身,还是进士出身,必须经过吏部(相当于现在的组织部)的考试,考试的目的是测试考生有没有做官的才能。

白居易、元稹一同通过吏部考试后,又同时被分配到秘书省做校书郎,由此开始相识。

两人居住的地方只隔一条街,相距很近,且校书郎这个官职比较空闲,所以他们有更多的时间在一起讨论国家大事,一起诗酒唱和,一起听《李娃传》的故事。白居易与元稹在校书郎这个职位上干了近两年后,逐步认识到,校书郎官职清闲低微,不能实现报效国家的远大政治抱负,于是两人商议准备一起参加制科考试。唐代的制科考试比进士考试高一层,制科考试的主要内容是策论,不仅测试文采,更重要的是考察一个人的政治领导能力,即针对国家的政治大事提出处理意见、建议的能力。

二人挑选了一个比较清静的道观——华阳观温习功课。经过三个月的精心准备，他们又同时通过了才识兼茂明于体用科的制科考试。

白居易和元稹成为好朋友的主要原因是有共同的政治理念，对许多问题的看法一致。白居易在七十五篇《策论》中所表达的共同政治主张就是：建议朝廷整肃吏治、朝廷要清明、反对宦官参政、对农民要轻徭薄赋等。

他们在一起工作的时间不到六年，即 802～807 年、811～812 年，除此之外，各奔东西，再无相见的机会。但他们相濡以沫、伴随一生的友谊，成为中国文化史上最热烈、最感人的一段佳话。

《唐才子传》曾这样评价二人的关系："微之与白乐天最密，虽骨肉未至，爱慕之情，可欺金石，千里神交，若合符契，唱和之多，无逾二公者。"

两人成为同事后，经常一起诗酒唱和，堪称诗酒风流。白居易在一首诗中曾提到，与微之和诗有 900 首。

白居易与元稹之间的交往是纯洁的，他光明磊落，不隐瞒、不拉帮结派，更不会拨弄是非，白居易《赠元稹》一诗描述了两人的交往：

自我从宦游，七年在长安。所得惟元君，乃知定交难。
岂无山上苗，径寸无岁寒。岂无要津水，咫尺有波澜。
之子异于是，久处誓不谖。无波古井水，有节秋竹竿。

一为同心友，三及芳岁阑。花下鞍马游，雪中杯酒欢。
衡门相逢迎，不具带与冠。春风日高睡，秋月夜深看。
不为同登科，不为同署官。所合在方寸，心源无异端。

无论工作还是生活，白居易、元稹都是携手并肩，一路同行，守望相助。白居易在《与元九书》中这样描写：

(1)“小通则以诗相戒”，就是说仕途通畅、一切顺利时，我们就用诗歌来相互告知对方不要骄傲，要谦逊、低调从事。

(2)“小穷则以诗相勉”，就是说如果遇到困难的时候，我们相互用诗歌来告慰对方。

(3)“索居则以诗相慰”，如果一个人独居的时候，就用诗歌安慰对方。

(4)“同处则以诗相娱”，如果两个人在一起就用诗歌去表现在一起的快乐。

下面我们看一看是不是这样。

元和四年(809 年)，元稹作为监察御史出使四川绵阳一个叫三台的地方，去查处一些违法官员，白居易作为朋友，对元稹此行既思念又担心。元稹经过梁州(汉中)，走了一天的路，比较困乏，在馆驿就睡下了，在这里发生了一段在中国文学史上被誉为“千里共良宵”的传奇佳话。

当日，白居易在长安，恰好和弟弟白行简、李建等一干人去曲江、慈恩寺游玩，夜晚便聚在李建家喝酒对诗，正当大家高兴时，白居易忽然端起酒杯又放下，皱起眉头，起身踱步，自言自语道：“今天是二十一日，微之出发已经半月了，今天应该到达梁州了吧。”于是就在李建家的墙上写下了一首七绝《同李十一醉忆元九》：

花时同醉破春愁，醉折花枝作酒筹。
忽忆故人天际去，计程今日到梁州。

白居易在诗中提到的“酒筹”，指的是“行酒令”。他在一首诗中写道：“鞍马呼教住，骰盘喝遣输。长驱波卷白，掷连采成卢。”白居易作注说：“骰盘、卷白波、莫走、鞍马，皆当时酒令。”

就在当晚，元稹在梁州的驿馆里做了一场梦，梦中与白居易、白行简他们同游曲江、慈恩寺，游兴正乐，天已将明，元稹被驿馆人员突然叫醒，元稹就把梦里与白居易游玩的情景写成《梁州梦》一诗，托人捎给白居易：

梦君同绕曲江头，也向慈恩院院游。
亭吏呼人排去马，忽惊身在古梁州。

十几天后，有人从梁州回来，把元稹写的诗交给了白居易。白行简、李建他们看后十分诧异，天下真有这么巧的事吗？真是千里神交。为此白行简写了《三梦记》把这件事完整的记了下来：

人之梦，异于常者有之：或彼梦有所往而此遇之者；或此有所为而彼梦之者；或两相通梦者。天后时，刘幽求为朝邑丞。尝奉使，夜归。未及家十余里，适有佛堂院，路出其侧。闻寺中歌笑欢洽。寺垣短缺，尽得睹其中。

刘俯身窥之，见十数人，儿女杂坐，罗列盘馔，环绕之而共食。见其妻在坐中语笑。刘初愕然，不测其故久之。且思其不当至此，复不能舍之。又熟视容止言笑，无异。将就察之，寺门闭不得入。刘掷瓦击之，中其罍洗，破迸走散，因忽不见。刘逾垣直入，与从者同视，殿庑皆无人，寺扃如故，刘讶益甚，遂驰归。比至其家，妻方寝。闻刘至，乃叙寒暄讫，妻笑曰："向梦中与数十人游一寺，皆不相识，会食于殿庭。有人自外以瓦砾投之，杯盘狼藉，因而遂觉。"刘亦具陈其见。盖所谓彼梦有所往而此遇之也。

元和四年，河南元微之为监察御史，奉使剑外。去逾旬，予与仲兄乐天，陇西李杓直同游曲江。诣慈恩佛舍，遍历僧院，淹留移时。日已晚，同诣杓直修行里第，命酒对酬，甚欢畅。兄停杯久之，曰："微之当达梁矣。"命题一篇于屋壁。其词曰："春来无计破春愁，醉折花枝作酒筹。忽忆故人天际去，计程今日到梁州。"实二十一日也。十许日，会梁州使适至，获微之书一函，后寄《纪梦》诗一篇，其词曰："梦君兄弟曲江头，也入慈恩院里游。属吏唤人排马去，觉来身在古梁州。"日月与游寺题诗日月率同，盖所谓此有所为而彼梦之者矣。

贞元中，扶风窦质与京兆韦旬同自亳入秦，宿潼关逆旅。窦梦至华岳祠，见一女巫，黑而长。青裙素襦，迎路拜揖，请为之祝神。窦不获已，遂听之。问其姓，自称赵氏。及觉，具告于韦。明日，至祠下，有巫迎客，容质妆服，皆所梦也。顾谓韦曰："梦有征也。"乃命从者视囊中，得钱二镮，与之。巫抚掌大笑，谓同辈曰："如所梦矣！"韦惊问之，对曰："昨梦二人从东来，一髯而短者祝酹，获钱二镮焉。及旦，乃遍述于同辈。今则验矣。"宾因问巫之姓氏。同辈曰："赵氏。"自始及末，若合符契。盖所谓两相通梦者矣。

行简曰：《春秋》及子史，言梦者多，然未有载此三梦者也。世人之梦亦众矣，亦未有此三梦。岂偶然也，抑亦必前定也？予不能知。今备记其事，以存录焉。

一人梦到对方在何处与何人游玩，一人正在那处与他人游玩时也想起对方。两首诗一写于长安，一写于梁州，一写居者之忆，一写行人之思，一写真事，一写梦境，但不约而同地写在同一天，还如同当面唱和的一样，这是一种怎样的默契和感情？

白居易担任左拾遗时，元稹担任监察御史。元和五年(810 年)正月，东台(御史台在东都洛阳的分支机构)监察御史元稹从东京洛阳返回长安，途中在敷水驿站留宿。敷水驿站很小，只有一个正厅，元稹就住在了正厅。刚睡下，就听到外面来了一群人，是仇士良、刘士元两个太监头子领着一帮小太监。这些太监在朝廷作威作福惯了，一问是元稹住进了正厅，又不出来迎接他们，非常气愤。宦官刘士元带着几个小太监冲进元稹房间，抓住元稹就打。元稹打不过他们一群人，没有穿鞋就跑出了房间。刘士元继续跟着追赶，用马鞭打伤了元稹的脸。按照唐朝的规定，大太监与元稹都有资格住正厅，如果级别相同，先到者先住。回京后，刘士元竟恶人先告状，致使元稹遭贬。

这个事件在朝廷影响很大。一些正义的官员深知元稹人品忠直，故而为元稹鸣冤。白居易第一个冲在了前面，先后三次上疏为元稹打抱不平，据理力争，并详细陈述了理由：其一，元稹自任御史以来，纠举不避权贵，自然得罪了一些势家，倘若元稹被降职，谁还能为履行“疾恶绳愆”的职责挺身而出呢？其二，元稹与宦官刘士元的纠纷，罪在刘士元的骄横无礼，现在“中官有罪，未闻处置，御史无过，却先贬官”，恐怕以后中官出使肆意施暴，朝廷命官受了凌辱却不敢言说。其三，元稹曾弹奏严砺、韩皋等方镇守臣，因此“天下方镇，皆怒元稹守官”，将他贬官江陵，便是将他送与方镇，以后就难以监督方镇的举动了。唐宪宗没有采纳白居易的意见，以元稹年轻气盛、不懂礼让为由把元稹贬谪至江陵府士曹参军。但是，白居易不顾个人安危、为朋友两肋插刀的勇气和精神是非常宝贵的。元稹贬官江陵后，白居易回到渭村，时常为元稹的身体而担忧：

寄元九

晨鸡才发声，夕雀俄敛翼。昼夜往复来，疾如出入息。
非徒改年貌，渐觉无心力。自念因念君，俱为老所逼。
君年虽校少，憔悴谪南国。三年不放归，炎瘴消颜色。
山无杀草霜，水有含沙蜮。健否远不知，书多隔年得。

愿君少愁苦，我亦加餐食。各保金石躯，以慰长相忆。

元和十年（815年），白居易因“越职言事”被贬谪为江州司马，他离开长安，从商州到襄阳，然后走水路，沿着汉水到鄂州入长江，并沿长江东下。

一天，行舟里的白居易心情烦闷，又想起了被贬谪通州的好友元稹，于是在舟中点上油灯，找出过去元稹写的诗读了起来。诗读完了，灯也枯了，天还未明，眼睛开始疼痛起来。夜很静，船舱里的乘客都在睡梦中，可寂寞的白居易呆坐在那里，只听到浪花拍打船体的声音，一首《舟中读元九诗》就在这种环境下写成了：

把君诗卷灯前读，诗尽灯残天未明。
眼痛灭灯犹暗坐，逆风吹浪打船声。

元稹遭贬通州后，得了一场大病，几个月躺在床上不能起来。一天夜里，正在病中的元稹听到白居易被贬谪的消息，非常震惊，本已不能起床的他突然坐了起来，拖着病体在昏暗的灯光下写下这首《闻乐天授江州司马》，表达了对老朋友的担心和思念之情：

残灯无焰影幢幢，此夕闻君谪九江。
垂死病中惊坐起，暗风吹雨入寒窗。

屈指算来，这首诗与白居易写作的《舟中读元九诗》几乎又发生在同一天，两位大诗人又一次产生千里神交的诗词佳话。

南宋的洪迈读到这首诗后，在《容斋随笔》记述“垂死病中惊坐起，暗风吹雨入寒窗”字句甚于“嬉笑之怒，裂眦恸哭”，而白居易认为“此句他人尚不可闻，况仆心哉”。

这两首七绝诗，都是在被贬谪后的夜间写成，诗人一个“眼痛”，一个“垂死”，一个“犹暗坐”，一个“惊坐起”，一个“逆风吹浪”，一个“暗风吹雨”，一个“打船声”，一个“入寒窗”，诗句出自不同人之手而高度相互对应，更能印证白居易和元稹的心心相印。

因为经常有工作调动，白居易和元稹聚少离多，信中传诗就成了两人最常用的联系方式，每次收到元稹的来信，白居易都会立刻放下手里的工作，把信看完，而且是看了一遍又一遍。

元稹每次收到白居易的来信，还没等看，眼泪就先下来了，吓得家里人还以为出了什么大事呢。时间长了，家里人知道他这个毛病，每次给他白居易的信都同时递上一条毛巾。

得乐天书

远信入门先有泪，妻惊女哭问何如。

寻常不省曾如此，应是江州司马书。

还有一件事可能大家会更感兴趣，就是元稹曾写过一首诗，叫《酬乐天劝醉》，最后写道：

美人醉灯下，左右流横波。

王孙醉床上，颠倒眠绮罗。

君今劝我醉，劝醉意如何。

诗中意思是说，你白乐天把我灌醉，想要干什么呢？寓意二人关系密切，不同一般。

白居易有时也戏弄一下元稹。他在江州整理自己的诗集，想起了李绅和元稹，就写诗赠给他们，诗中充满自负态度，向友人戏谑自夸，预言自己的诗歌将会名扬天下：

戏赠元九、李二十

一篇长恨有风情，十首秦吟近正声。
每被老元偷格律，苦教短李伏歌行。
世间富贵应无分，身后文章合有名。
莫怪气粗言语大，新排十五卷诗成。

白居易和元稹在思念对方时，就书写对方的诗句：

答微之

君写我诗盈寺壁，我题君句满屏风。
与君相遇知何处，两叶浮萍大海中。

《刘白唱和集》曾记述了白居易戏元稹的一段话："仆与足下二十年来为文友诗敌，幸也，亦不幸也。吟咏情性，播扬名声，其适遗形，其乐忘老，幸也。然江南士女语才子者，多云元白，以予子之故，使仆不得独步于吴越间，亦不幸也。"

正因为有共同的理想、抱负和担当，白居易和元稹荣辱与共、且歌且行。在一起时，“花下鞍马游，雪中杯酒欢”；分别后，“忽忆故人天际去，计程今日到梁州”；遭逢厄运时，“不知忆我因何事，昨夜三回梦见君”；在朝堂任职时，“朝廷得失无不察，天下利病无不言”；在地方为官时，“可怜身上衣正单，心忧炭贱愿天寒”。

太和五年(831 年)，已经六十岁的白居易正赋闲于东都洛阳，惊闻五十三岁的元稹在武昌病逝。当元稹的灵柩路过洛阳时，白居易悲痛不已。他怀着无限的痛苦写下了这样充满深情的祭文：

> 与公缘会，岂是偶然？多生已来，几离几合，既有今别，宁无后期？公虽不归，我应继往，安有形去而影在，皮亡而毛存者乎？(《祭微之文》)

翻译出来就是：与您的缘分，难道是偶然？多年以来，经历过无数次的分别与重逢，难道今日一别就再也没有重逢之日了？你虽然不能再归来，我不久也会随你而去，哪里有形体去而影子还在，皮亡而毛仍存的道理呀！

开成五年(840 年)，已近七十岁的白居易一大早起床，独自坐在院子里一动不动，不断擦拭泪水。家人非常奇怪，问时，白居易失声痛哭起来。家里人更奇怪了，再问时白居易流着泪说，我昨晚梦见我的好友微之了，我梦见我们在一起喝酒作诗，谈论国事，多么快乐呀，可惜是一场梦。家里人再三劝慰道，元稹已经病逝九年了，你要保重身体，白居易这才慢慢地回到书屋，含着眼泪写下了《梦微之》：

夜来携手梦同游，晨起盈巾泪莫收。
漳浦老身三度病，咸阳草树八回秋。
君埋泉下泥销骨，我寄人间雪满头。
阿卫韩郎相次去，夜台茫昧得知不。

下面，我们来分析一下这首诗：第一句“夜来携手梦同游”是写梦见两个人快乐地同游；第二句“晨起盈巾泪莫收”是写梦醒以后对微之的思念；第三至六句是一句写自己、一句写元稹；第七句“阿卫韩郎相次去”是将元稹家人死讯相告，并为其身后事而悲哀；第八句“夜台茫昧得知不”是说墓穴里没有灯光，你是否能看见你的儿子和爱婿呢？诗以泪写成，不加修饰，情真意切。

需要特别指出的是第六句“我寄人间雪满头”，一个“寄”字更加升华了他们之间的感情。他们早已把自己的生命融化在对方的生命里了，“我”的躯体只是暂时在人间寄存着，但也会很快去找你的，这难道不是人与人交往的最高境界吗？

陈寅恪先生在《元白诗笺证稿》中评述《梦微之》一诗时说：“非乐天不能作此诗，非微之不能令乐天作此诗。其感情之诚笃，可谓生死不渝。元白二公关系之密切若是，斯尤为读两长庆集之人，所不可不知者也。”

第五章 《长恨歌》的虚与实

陈鸿在《长恨歌传》的序中说："白居易精通于诗，而且多运用自己的情感所写，因此凡他所遇之事一定夹杂情感进行抒发吟咏，而不是有意猎取美色。"

《长恨歌》作于元和元年（806 年）十二月，白居易时任盩厔县（今陕西周至）县尉，他与友人陈鸿、王质夫同游仙游寺，有感于唐玄宗、杨贵妃的故事，写成此诗。这首长篇叙事诗叙述了唐玄宗、杨贵妃在安史之乱中的爱情悲剧。唐玄宗、杨贵妃都是历史上的真实人物，诗人并不拘泥于历史，而是借着历史的一点影子，根据当时人们的传说、街坊的歌唱，从中演绎出一个宛转动人的故事，用回环往复的艺术形式描绘歌咏出来。诗中的故事、人物都是艺术化的，是对于现实中人的复杂而真实的再现，因此能够在历代读者的心中漾起阵阵涟漪。

《长恨歌》的主题是歌"长恨"，唐玄宗与杨贵妃到底"长恨”什么、为什么要“长恨”，作者并没有直白书写，而是通过一个个形象化、艺术化的寓意故事，逐步地深入一层一层展示给读者，让读者自己去揣测，去回味，去感知。

《长恨歌》共一百二十句，堪称艺术全璧，通篇都很出色，几乎没有败笔，仅此就奠定了白居易文学大家的地位。

长恨歌

汉皇重色思倾国，御宇多年求不得。杨家有女初长成，养在深闺人未识。天生丽质难自弃，一朝选在君王侧。回眸一笑百媚生，六宫粉黛无颜色。春寒赐浴华清池，温泉水滑洗凝脂。侍儿扶起娇无力，始是新承恩泽时。云鬓花颜金步摇，芙蓉帐暖度春宵。春宵苦短日高起，从此君王不早朝。承欢侍宴无闲暇，春从春游夜专夜。后宫佳丽三千人，三千宠爱在一身。金屋妆成娇侍夜，玉楼宴罢醉和春。

姊妹弟兄皆列土，可怜光彩生门户。遂令天下父母心，不重生男重生女。骊宫高处入青云，仙乐风飘处处闻。缓歌谩舞凝丝竹，尽日君王看不足。渔阳鼙鼓动地来，惊破霓裳羽衣曲。九重城阙烟尘生，千乘万骑西南行。翠华摇摇行复止，西出都门百余里。六军不发无奈何，宛转蛾眉马前死。花钿委地无人收，翠翘金雀玉搔头。君王掩面救不得，回看血泪相和流。黄埃散漫风萧索，云栈萦纡登剑阁。

峨嵋山下少人行，旌旗无光日色薄。蜀江水碧蜀山青，圣主朝朝暮暮情。行宫见月伤心色，夜雨闻铃肠断声。天旋地转回龙驭，到此踌躇不能去。马嵬坡下泥土中，不见玉颜空死处。君臣相顾尽沾衣，东望都门信马归。归来池苑皆依旧，太液芙蓉未央柳。芙蓉如面柳如眉，对此如何不泪垂。春风桃李花开日，秋雨梧桐叶落时。西宫南内多秋草，落叶满阶红不扫。梨园弟子白发新，椒房阿监青娥老。

夕殿萤飞思悄然，孤灯挑尽未成眠。迟迟钟鼓初长夜，耿耿星河欲曙天。鸳鸯瓦冷霜华重，翡翠衾寒谁与共。悠悠生死别经年，魂魄不曾来入梦。临邛道士鸿都客，能以精诚致魂魄。为感君王辗转思，遂教方士殷勤觅。排空驭气奔如电，升天入地求之遍。上穷碧落下黄泉，两处茫茫皆不见。忽闻海上有仙山，山在虚无缥渺间。楼阁玲珑五云起，其中绰约多仙子。中有一人字太真，雪肤花貌参差是。

金阙西厢叩玉扃，转教小玉报双成。闻道汉家天子使，九华帐里梦魂惊。揽衣推枕起徘徊，珠箔银屏迤逦开。云鬓半偏新睡觉，花冠不整下堂来。风吹仙袂飘飖举，犹似霓裳羽衣舞。玉容寂寞泪阑干，梨花一枝春带雨。含情凝睇谢君王，一别音容两渺茫。昭阳殿里恩爱绝，蓬莱宫中日月长。回头下望人寰处，不见长安见尘雾。惟将旧物表深情，钿合金钗寄将去。钗留一股合一扇，钗擘黄金合分钿。

但教心似金钿坚，天上人间会相见。临别殷勤重寄词，词中有誓两心知。七月七日长生殿，夜半无人私语时。在天愿作比翼鸟，在地愿为连理枝。天长地久有时尽，此恨绵绵无绝期。

杨贵妃先是唐玄宗的儿媳寿王妃，后又成为他的爱妃，这中间关系的重大转变，让后人议论纷纷。作为诗人的白居易如何处理这种关系？会不会反映历史的真实面目呢？下面，笔者分析一下《长恨歌》中“虚”与“实”的写作特征。

一、“汉皇重色思倾国，御宇多年求不得”虚与实

《长恨歌》开篇写“汉皇重色思倾国，御宇多年求不得”。汉皇是虚，唐玄宗是实，从汉武帝与李夫人的故事附会，以暗启下段全部情事，文思贯澈，结构精妙。

唐朝人写本朝的事情一般来讲总是“以汉喻唐”，从汉朝的过失中汲取教训。诗文开头中的“汉皇”，字面上指的是西汉的第五位皇帝汉武帝刘彻，这两句意思是汉武帝非常喜欢倾城倾国的美女，统治天下多年，一直都未找到让自己称心如意的美女。

诗人为什么用汉武帝这个“虚”来喻唐玄宗的这个“实”呢？除了“以汉喻唐”的写法外，主要是两位皇帝有很多相似的地方。

一是两人都胸怀大志，统治时期都开创了朝代的辉煌。

汉武帝在文景之治的基础上，推行了一系列加强中央集权的措施，将西汉统治推向鼎盛；唐玄宗在开元年间，励精图治，任用贤能，经济迅速发展，天下大治，唐朝进入全盛时期，并成为当时世界上最强盛的国家，史称“开元盛世”。

二是两人统治后期都有享乐、昏聩、好大喜功的倾向。汉武帝长年对匈奴发动战争，耗费了大量的人力、物力、财力，致使老百姓无力承担，重用江充、苏文，导致“巫蛊之祸”的发生，造成冤案四起，国势由盛转衰；天宝时期，唐玄宗荒怠国政，重用李林甫、杨国忠，导致“安史之乱”的发生，国势也由盛转衰。

元和十四年(819 年)九月，唐宪宗与宰相崔群的一段对话更说明了唐玄宗从开元到天宝年号的变化，也是唐朝由盛转衰的明证：

> 上顾谓宰臣曰：“朕读玄宗实录，见开元初锐意求理，至十六年已后，稍似懈倦，开元末又不及中年，何也?”崔群对曰：“玄宗少历民间，身经迍难，故即位之初，知人疾苦，躬勤庶政，加之姚崇、宋璟、苏颋、卢怀慎等守正之辅，孜孜献纳，故致治平。及后承平日久，安于逸乐，渐远端士，而近小人。宇文融以聚敛媚上心，李林甫以奸邪惑上意，加之以国忠，故及于乱。愿陛下以开元初为法，以天宝末为戒，即社稷无疆之福也。”(《旧唐书·宪宗本纪》)

三是两人都过分喜欢美色。汉武帝是一位伟大的君主，同时也是一位好色的君王。汉武帝先后喜欢过陈阿娇、卫子夫、王夫人、李夫人、李姬、钩弋夫人等,并在他幼小的时候,就留下了一个“金屋藏娇”的故事。唐玄宗先后喜欢过赵丽妃、皇甫德仪、王皇后、刘才人、武惠妃等。两位皇帝随着美女的“年老色衰”而爱弛,不停地更换宠妃。

白居易的两首《后宫词》道出了“自古皇家无亲情”的真谛,辛辣地讽刺了帝王的无情和宫女的无奈寂寞:

其一

泪湿罗巾梦不成,夜深前殿按歌声。

红颜未老恩先断,斜倚薰笼坐到明。

也许与因年老色衰而失宠的宫女相比,诗中主人公的遭遇还没有那么悲凉,但也正因为青春尚在,所以她才更加幽怨。全诗不以物寓悲,而是直书其事,层层深入,写尽主人公的无尽忧伤:先写孤枕难眠,独自啜泣,再写君王前殿欢歌,一悲一喜对比出君王的薄情寡恩,第三句则以红颜未老,写出主人公的“怨”,末句的“斜倚”“到明”,则将这幽怨无限延展开来。

其二

雨露由来一点恩,争能遍布及千门。

三千宫女胭脂面,几个春来无泪痕。

“三千宫女胭脂面,几个春来无泪痕”是说,宫中众多如花似玉般的宫女,整日盛妆打扮,以盼“春日”(皇上临幸),可是她们有几个能盼到这一时刻呢？有几个人的胭脂面不是涕泪横流？这些宫女过着悲惨的生活，有着无穷幽怨，皆生活在“泪痕”之中。

四是宠爱的妃子都过早离世。汉武帝最宠爱的李夫人大约在二十五岁左右病逝，唐玄宗最宠爱的武惠妃三十九岁病逝。美人的过早病逝给两位皇帝带来了寂寞，思念越深，也为尽快寻找下一个宠妃找到了合适的理由、借口。

五是宠幸哪个妃子就重用这个妃子的外戚。汉武帝喜欢卫子夫时，重用卫青、霍去病，喜欢李夫人时重用李延年、李广利。唐玄宗宠爱武惠妃时，将其生母杨氏封为郑国夫人，封同母弟忠为国子祭酒、信为秘书监，宠幸杨贵妃时，封杨国忠为宰相，分别封杨贵妃的三个姐妹为韩国夫人、虢国夫人、秦国夫人，并承恩泽，出入宫掖，势倾天下。

唐玄宗为什么必须寻找倾国倾城的美女呢？

事情的缘由是这样的：唐玄宗原本宠爱的一个妃子叫武惠妃，系武则天堂侄武攸止的女儿。武攸止病逝后，其尚年幼便破例入宫，年长后十分貌美，妩媚动人，唐玄宗见到后难以忘怀，即位后渐赐恩宠。他们生有七个儿女，成活者为两个王子即寿王李瑁、盛王李琦，两个女儿即咸宜公主、太华公主。

开元二十三年(735 年)，唐玄宗在东都洛阳非常隆重地举行了咸宜公主的出嫁仪式，引来很多人前往观看，人群中，李瑁、武惠妃一眼就看见了貌若天仙的杨玉环。武惠妃让人把杨玉环叫到身边，仔细一看果然天生丽质，经过一番了解后，就奏明唐玄宗批准册封，定下了这门亲事。《唐大诏令集》记载，开元二十三年（735 年）十二月二十四日，朝廷下诏册封杨玉环为寿王妃。

杨玉环出生在一个官宦人家，其父杨玄琰，曾任蜀州司户，又因父母早亡，寄养于叔父河南府士曹杨玄璬家。杨玉环从小受到良好的教育，具有一定文化修养，且性格温婉，精通音律，擅长歌舞，善弹琵琶。

开元二十五年（737 年），三十九岁的武惠妃突然病逝，究其死因，是做梦被鬼吓死的。武惠妃虽然貌美，也很会博取唐玄宗的欢心，但内心非常毒辣，她为了让自己的儿子李瑁被册立为太子，联合宰相李林甫、咸宜公主的丈夫杨洄等设计害死了原太子瑛和两位王子鄂王瑶、光王琚。

《旧唐书》记载，杨洄“日求其短，谮于惠妃。妃泣诉于玄宗，以太子结党，将害于妾母子，亦指斥于至尊”。一计未成，又生一计，开元二十五年四月，“杨洄又构于惠妃，言瑛兄弟三人与太子妃兄驸马薛锈常构异谋，玄宗遽召宰相筹之，林甫曰：‘此盖陛下家事，臣不合参知。’玄宗意乃决矣。使中官宣诏于宫中，并废为庶人，锈配流，俄赐死于城东驿。天下之人不见其过，咸惜之”。“其年，武惠妃数见三庶人为祟，怖而成疾，巫者祈请弥月，不痊而殒。”

三位皇子被害死后，武惠妃内心恐惧，惴惴不安，日日梦见三位皇子前来索命，以至于精神失常，最终被活活吓死。

武惠妃的突然病亡，让唐玄宗一时无所适从，倍感寂寞，终日闷闷不乐。于是，他安排高力士派出几路“花鸟使”到全国各地搜选美女充入后宫，她们的姿色、音律、舞蹈等表现均不如惠妃，玄宗因此越发怀念武惠妃。

因高力士派人寻找的美女不能让玄宗满意，玄宗多次向“花鸟使”大发脾气，下诏必须尽快找到让自己满意的美女。有人进言杨玉环“姿质天挺，宜充掖廷”，于是唐玄宗将杨氏召入后宫之中。

唐玄宗最终是怎样寻找到自己的儿媳妇杨玉环的呢？

具体寻找过程，新旧唐书等正史对此事均没有记载，但《长恨歌》的姊妹篇陈鸿的《长恨歌传》，生动地描述了这件不光彩的事：

> 开元中，泰阶平，四海无事。玄宗在位岁久，倦于旰食宵衣，政无大小，始委于丞相，深居游宴，以声色自娱。先是，元献皇后、武淑妃皆有宠，相次即世，宫中虽良家子千万数，无可悦目者，上心忽忽不乐。时，每岁十月，驾幸华清宫，内外命妇，熠耀景从，浴日余波，赐以汤沐，春风灵液，澹荡其间，上心油然，若有顾遇，左右前后，粉色如土。诏高力士潜搜外宫，得弘农杨玄琰女于寿邸。

意思是说，唐玄宗正在华清池漫不经心地转悠，突然兴起，似乎看见一位美女飘然而过，再回头看看身旁跟随的妃嫔，面色如土毫无光泽，根本无法与之媲美。

唐玄宗马上命令高力士到室外暗地搜寻刚刚看到的那位美女，其结果就在寿王李瑁的府邸找到了早已成为自己儿媳妇的杨玉环。

唐玄宗初遇杨玉环的情景,《旧唐书》是这样记载的:"太真既进见,玄宗大悦,不期岁,礼遇如惠妃。太真姿质丰艳,善歌舞,通音律,智算过人,每倩盼承迎,动移上意,宫中呼为娘子,礼数实同皇后。"

《旧唐书》载,开元二十八年(740年)十月,以为玄宗母亲窦太后祈福的名义,敕书杨氏出家为女道士,道号"太真"。从此,杨玉环入住太真宫。

唐玄宗宠爱杨玉环还有一个重要的原因,就是他们有共同的志趣和爱好。新旧唐书记载,唐玄宗多才多艺,尤知音律,善八分书。杨玉环除了貌美如花外,也通晓音律,善弹琵琶,擅长歌舞。

中唐诗人张祜的一首《集灵台》生动地描写了杨玉环入住太真宫的不甘寂寞:

日光斜照集灵台,红树花迎晓露开。
昨夜上皇新授箓,太真含笑入帘来。

这首诗主要是讥讽杨玉环的轻薄。集灵台是清静祀神所在,诗人指出玄宗在这里行道教授给秘文仪式,仅一天之隔就寂寞难耐,"太真含笑入帘来",可见杨玉环自愿做女道士,配合默契,掩人耳目,其轻薄风骚表现得淋漓尽致。

二、"杨家有女初长成,养在深闺人未识"虚与实

养在深闺人未识是"虚",早已成为唐玄宗的儿媳

妇是“实”。

《唐大诏令集》记载，开元二十八年(740 年)唐玄宗下诏，命杨玉环改名杨太真，到宫中道观为死去的皇太后超度祈祷，实际上就是霸占自己的儿媳妇。

清代人朱彝尊、杭世骏等找了许多论据为唐玄宗开脱。其中朱彝尊在其《曝书亭集·书杨太真外传后》中说：“考之《开元礼》，皇太子纳妃，将行纳采。有纳采而问名、而纳吉、而纳征、而请期，然后亲迎，同牢。备礼动需卜日，无纳采受册即归寿邸之礼也。”

北宋文学家张俞在《骊山记》中谓“妃以处子入宫，似得其实”，意思是说 740 年杨玉环还没有正式成为寿王的妃子，还是一位纯情的处女。

其实开脱是徒劳的。清华大学“四大导师”之一的陈寅恪教授在他所著的《元白诗笺证稿》中经过缜密考证，推翻了朱彝尊、杭世骏的结论：“寅恪案：朱氏考证之文，似极可信赖。然一取其他有关史料核之，其误即见。”

杨玉环真正成为唐玄宗儿媳妇，到底在什么时间，可以作如下推论：

第一，先推断寿王李瑁的年龄。《旧唐书·寿王瑁传》载：“瑁母武惠妃，开元元年见幸，宠倾后宫，频产夏悼王、怀哀王、上仙公主，皆端丽，襁褓不育。及瑁之初生，让帝妃元氏请瑁在于邸中收养……宫中常呼为十八郎。十三年三月，封为寿王，始入宫中。”由此可推，夏悼王出生于 715 年，怀哀王出生于 716 年，上仙公主出生于 717 年，寿王李瑁出生于 718 年或 720 年。寿王初遇杨玉环时年龄应是十五六岁，与杨玉环年龄相当，正是青春萌动的年龄（推论依据为：开元元年是 713 年 12 月，玄宗幸武惠妃也是 713 年 12 月；一个“频”字，死去的三个孩子的出生年应该是连续的；连续三个子女的夭折，在那个“母以子贵”的封建王朝，武惠妃要求生育第四个孩子的心情会更加迫切；武惠妃会更加献媚于唐玄宗，唐玄宗又专宠武惠妃；咸宜公主年龄小于寿王李瑁一岁或两岁，在 735 年 12 月已经出嫁。所以，寿王李瑁初见杨玉环时的年龄应该在十五岁至十七岁之间）。

第二，古代女子一般情况下，基本上都在十五岁左右的年龄结婚，十七岁的杨玉环早已到了谈婚论嫁的年龄。

第三，作为母亲的武惠妃因噩梦生病不是一两天的事，在病逝前，她最大的愿望就是看到自己的儿子与已经在两年前册封寿王妃的杨玉环早日举行大婚。且武惠妃病逝前，寿王李瑁已十七八岁，用现在的话说杨玉环是寿王的准妻子，也到了成婚的年龄。王子举行大婚的仪式再复杂，也不可能在两年之内履行不完。再说，杨玉环寄养在叔父家并已册封，寿王渴望求之，二人以及他们的家人也盼望他们尽早完婚。

笔者认为，寿王与杨玉环举行婚礼，应该在开元二十五年（737 年）武惠妃病逝之前。

白居易为什么没有直笔书写杨玉环在受箓前早已和寿王举行大婚的事，原因是：

其一,《春秋》有“为尊者讳”的伦理。

其二,唐玄宗是皇帝,唐玄宗的后代也是皇帝,白居易是他们的臣子,诗歌创作不能有损圣体,必须避实就虚。

其三,《长恨歌》的主题是讴歌唐玄宗和杨玉环的爱情故事,也只能把历史真实变为艺术真实。

其四,唐玄宗与杨玉环的事太丑,不能直说。《诗经》《左传》均记载,春秋时期,卫国国君卫宣公在即位前与庶母夷姜私通,生下私生子伋子,后来卫宣公给伋子迎娶了一位齐国妻子,看到儿媳妇十分美丽,就纳入了自己的后宫,封为妃,据为己有,后生下寿子、朔子。对此,《诗经》《墙有茨》的作者也没有明说,只能隐喻讽刺这件丑事:

> 墙有茨,不可扫也。中冓之言,不可道也。所可道也,言之丑也。墙有茨,不可襄也。中冓之言,不可详也。所可详也,言之长也。墙有茨,不可束也。中冓之言,不可读也。所可读也,言之辱也。

大意是:墙头长满蒺藜草,不可除去根子牢。宫室之中男女事,不可向外对人谈。如果真要谈出来,让人听了觉害臊。墙头长满蒺藜草,不可除去根子牢。宫室之中男女事,不可向外详细讲。如果详细讲出来,说来话长讲不完。墙头长满蔡黎草,不可捆扎无处放。宫室之中男女事,不可向外去张扬。如果一定要张扬,让人听了觉耻辱。

中国历代帝王的宫廷生活,都是人们关注和议论的热门话题,就生活在宫廷中的人来说,宫帏秘事属于既无法说清楚、又不便于说清楚、更无人敢说清楚的非常特别的一类，这样一来，宫帏秘事便更加扑朔迷离，神秘莫测。

对于唐玄宗与杨玉环的关系，新旧唐书均含糊其词，讳莫如深，唐朝大部分诗人作诗时也是隐喻其间。

后唐诗人罗隐终生未考取进士，满腹牢骚，他曾写过《帝幸蜀》诗：

马嵬山色正依依，又见銮舆幸蜀归。

泉下阿蛮应有语，这回休更怨杨妃。

这首诗写的是黄巢起义军退出长安后唐僖宗又从蜀地回到长安，路过马嵬坡的情景。诗中问唐僖宗也没有像唐玄宗那样宠爱杨玉环，为什么也跑到四川去了，讽刺政治黑暗，批评唐玄宗，但始终没有说透唐玄宗与杨玉环的真实关系。

罗隐还写过一首《马嵬坡》诗：

佛屋前头野草春，贵妃轻骨此为尘。

从来绝色知难得，不破中原未是人。

这首诗是夸耀杨玉环确实是一位绝色美女，太有能耐了，把整个国家都搞垮了，主要批评杨玉环，但还没说透唐玄宗和杨玉环是什么关系。

大诗人李白，性情孤傲张狂，有“天子呼来不上船”的美誉，但只夸赞杨玉环的美丽，仍不说透唐玄宗和杨玉环过去的公公、儿媳关系。其《清平调》曰：

云想衣裳花想容，春风拂槛露华浓。

若非群玉山头见，会向瑶台月下逢。

全诗大意为：云霞想要她的衣裳，鲜花想要她的容貌，春风吹拂着栏杆，花上的露珠是那么浓盛，如此天姿国色，不是群玉山头所见的飘飘仙子，就是瑶台殿前月光照耀下的神女。

三、“天生丽质难自弃，一朝选在君王侧”虚与实

选在君王侧是“虚”，夺取、霸占在君王侧是“实”。

笔者翻阅一些历史书籍，观看中央电视台曾经播放的电视剧《唐明皇》，均记述了唐玄宗为了得到杨玉环所采取的办法。主要采取的方式，先把所有的皇子召集起来，自己亲自授课，向皇子们讲解《孝经》：子女所有的一切都是父母所赐，父母需要时，子女应该把自己的一切都奉献出来。其用意就是告诉寿王李瑁，要尽快把杨玉环奉献给自己。

然后又命高力士、玉真公主、咸宜公主轮番去做寿王李瑁的工作，寿王在一次次威逼利诱的高压下，怀着无限的伤痛“同意”把杨玉环献出来，就这样，一对恩爱夫妻被自己的父亲活活拆散了。

晚唐著名诗人李商隐的一首《龙池》，把含义隐喻其中，故意不写明唐玄宗霸占儿媳妇的丑事，而让读者自己去领会诗中的意思，也有“为尊者讳”的意味：

龙池赐酒敞云屏，羯鼓声高众乐停。
夜半归来宫漏永，薛王沉醉寿王醒。

龙池原为兴庆宫内的一水池，是唐玄宗为藩王时的故宅，即位后改为龙池。羯鼓是少数民族使用的乐器，唐玄宗是打羯鼓的高手。薛王是唐玄宗的弟弟李业，初封赵王，后封薛王，开元二十三年已死，其子李瑁封嗣薛王。

李商隐的这首诗，是对唐玄宗强夺霸占寿王妃杨玉环为妃嫔恶行的讽刺，看似婉转，实则绵里藏针。

唐玄宗在龙兴之地举行家庭宴会，云母屏风张开，妃嫔、命妇坐在里面都看得很清楚。突然，其他乐器一停，羯鼓开始高奏，宴会进入了热烈的高潮，形成了喧闹与清静的气氛转换，自然转入后半部分对寿王的特写：夜深宴罢归来，薛王等诸王们都喝得酩酊大醉，可唯独寿王非常清醒，到家后久久不能安眠。寿王为什么夜不能寐，因为他看到了坐在云屏后面的杨玉环，心里不是滋味，她原本是自己的妻子，现在却成了父亲的妃嫔，内心的苦闷永远得不到平复，夺妻之痛的耻辱又有谁给予同情呢？

接着分析“天生丽质难自弃”：古代很多人认为，美丽女子的最大价值就是被皇帝发现、宠幸，并纳入后宫，成为皇帝的宠妃。西汉的汉元帝没能及时发现王昭君的美貌，让其远嫁匈奴，最后死在了异国他乡。这些远嫁不归的美女，引起了后代多少文人的惋惜。他们惋惜什么？惋惜她们的美貌没有及时被皇帝发现。

李白慨：“汉月还从东海出，明妃西嫁无来日。”

杜甫叹：“千载琵琶作胡语，分明怨恨曲中论。”

白居易哀:"愁苦辛勤憔悴尽,如今却似画图中。""君王若问妾颜色,莫道不如宫里时。"

崇徽公主是唐朝大将仆固怀恩的小女儿,仆固怀恩战死后,小女儿被封为崇徽公主,在她远嫁回纥路经阴地关时,在翠崖上留下了手印。唐朝的李山甫、北宋的欧阳修都曾对崇徽公主远嫁回纥长叹不已:

阴地关崇徽公主手迹

唐·李山甫

一拓纤痕更不收,翠微苍藓几经秋。
谁陈帝子和番策,我是男儿为国羞。
寒雨洗来香已尽,澹烟笼著恨长留。
可怜汾水知人意,旁与吞声未忍休。

唐崇徽公主手痕和韩内翰

宋·欧阳修

故乡飞鸟尚啁啾,何况悲笳出塞愁。
青冢埋魂知不返,翠崖遗迹为谁留。
玉颜自古为身累,肉食何人与国谋。
行路至今空叹息,岩花涧草自春秋。

《明妃曲》其二中,北宋著名宰相王安石没有哀叹王昭君远嫁匈奴,而是讽刺汉元帝有眼无珠。王昭君远嫁匈奴条件艰苦,但总胜过在汉宫里终老一生,人最重要的是找到知音:

明妃初嫁与胡儿，毡车百辆皆胡姬。
含情欲语独无处，传与琵琶心自知。
黄金杆拨春风手，弹看飞鸿劝胡酒。
汉宫侍女暗垂泪，沙上行人却回首。
汉恩自浅胡恩深，人生乐在相知心。
可怜青冢已芜没，尚有哀弦留至今。

可惜，尽管杨玉环的美丽没有被埋没，及时被唐玄宗发现，结果却是三尺白绫，命丧马嵬坡。

元稹的一首《行宫》诗，生动再现了宫女对唐玄宗和杨贵妃风流韵事的议论，也更说明唐玄宗对杨贵妃的专宠：

寥落古行宫，宫花寂寞红。
白头宫女在，闲坐说玄宗。

四、“七月七日长生殿，夜半无人私语时”虚与实

七月七日长生殿是“虚”，十月飞霜殿是“实”。唐玄宗避寒是在每年的十月份，而不是七月份，居住的是飞霜殿，而不是长生殿。

首先看“七月七日”，这是牛郎织女相会的日子。在这天夜里，女孩面对圆月叩拜，祈求织女向自己传授技巧、赐予巧手的同时，也在祈祷美好的爱情。诗人艺术化地描写唐玄宗和杨玉环相聚在七月七日夜里，互诉衷肠，表达生死相依、永做夫妻的誓言，进一步渲染他们的真挚爱情。

其次是“长生殿”。“长生殿”在华清宫里，是祭祀神灵的地方，也称集灵台。唐玄宗到华清宫避寒，平时住的是“飞霜殿”，白居易为什么写成了“长生殿”？飞霜是冰冷的、短暂的，爱情则是温暖的、长久的。诗人把“飞霜殿”写成“长生殿”的目的是衬托唐玄宗与杨玉环长久的爱情，也是一种艺术化的表达。

从“临邛道士鸿都客”至诗的末尾，写道士帮助唐玄宗寻找杨贵妃。诗人采用的是浪漫主义的手法，忽而上天，忽而入地，“上穷碧落下黄泉，两处茫茫皆不见”。后来，在海上虚无缥缈的仙山上找到了杨贵妃，让她以“玉容寂寞泪阑干，梨花一枝春带雨”的形象在仙境中再现，殷勤迎接汉家的使者，含情脉脉，托物寄词，重申前誓，照应唐玄宗对她的思念，进一步深化、渲染“长恨”的主题。

“天长地久有时尽，此恨绵绵无绝期”二句，是爱情的叹息与呼声，是对爱情受命运拨弄、被政治伦理摧残的痛惜，此恨之深，已超越时空而进入无极之境。这样，诗人便以“长恨”表现了爱情的长存，亦点明全诗的主题。

“春宵苦短日高起，从此君王不早朝。承欢侍宴无闲暇，春从春游夜专夜。后宫佳丽三千人，三千宠爱在一身。”“姊妹弟兄皆列土，可怜光彩生门户。遂令天下父母心，不重生男重生女。”这些诗句有反映唐玄宗荒淫误国的意味，但更重要的是诗人也表达了唐玄宗对杨玉环的情爱，并把对杨玉环的爱推至她的家人，让他们享受杨贵妃的荣光。

我们不应该埋怨白居易这种避虚就实的艺术描写，因为他作为一个大唐臣子、一名中唐官员，也只能这样写。历史的真实与艺术的真实发生矛盾时，历史的真实必须让位于艺术的真实。

《长恨歌》中的唐玄宗是以一个爱情专一、至死不渝的精神形象出现的，无疑是一种拔高、一种美化。中唐一位很有作为的皇帝唐宣宗，确实读懂了《长恨歌》里表达的主题，在白居易去世后，他写了一首《吊白居易》诗，其中"童子解吟长恨曲，胡儿能唱琵琶篇。文章已满行人耳，一度思卿一怆然"几句，高度赞扬《长恨歌》的巨大影响力，怀念这位伟大的诗人。

陈寅恪在《元白诗笺证稿》中评析道："唐代之女祸可谓烈矣。如武韦杨张诸后妃之移国乱朝，皆世所习知者。知宪宗亦多宠，今观上引诸史文(《长恨歌》等)，乐天新乐府既以'为君而作'为其要义之一，宜有此取远鉴于前朝覆辙，近切合于当日情事之讽谏诗篇也。又观于后来宪宗终竟不肯定立元妃郭氏为皇后，卒致酿成裴廷裕所谓'光陵商臣之酷'，是乐天之先事陈诫，尤不可忽视也。"

所谓"光陵"，是唐穆宗的陵墓，代指唐穆宗。所谓"商臣之酷"，是《左传》之中的弑父杀君典故，楚成王力排众议立下太子商臣，结果商臣为了保住王位，不被废黜，把楚成王给弑杀了。

第六章 《琵琶行》等诗歌的艺术魅力

白居易在《与元九书》中记述："仆当此日，擢在翰林，身是谏官，月请谏纸。启奏之间，有可以救济人病，裨补时阙，而难于指言者，辄咏歌之，欲稍稍递进闻于上。上以广宸听，副忧勤；次以酬恩奖，塞言责；下以复吾平生之志。"

这段话的意思是，白居易升任翰林学士，又身兼左拾遗之职，亲手领取写谏章的用纸，写奏章直接向皇帝陈述意见，可以解救人民疾苦，弥补时政缺失，而那些难以直接说明的事项，就写成诗歌，慢慢地让皇帝知道。首先使皇帝耳目广远，对他考虑和处理国家大事有所帮助，其次是报答皇帝的恩情与奖掖，尽到谏官的职责，最后是实现个人平生振兴诗道的心愿。

白居易的诗歌题材广泛，数量较多，现在我们能读到的大概有2900多首，他自己把这些诗歌分为讽喻诗、闲适诗、感伤诗和杂律诗。所谓讽喻诗，表达的就是针砭时弊、为民请命的志向；所谓闲适诗，表达的就是闲情逸趣、自我修养的情操；所谓杂律诗，是为一时一物、一笑一吟所引发出来的诗；所谓感伤诗，是受到外在事物的触动，激起内在的思想感情，随着所感所遇而作的诗。

白居易不仅写诗出色，还提出了一整套诗歌理论。他把诗比作果树，提出“根情、苗言、华声、实义”的观点。“文章合为时而著，歌诗合为事而作”，他认为诗歌创作不能离开现实，必须取材于现实生活中的各种事件，反映一个时代的社会政治状况。他继承了《诗经》以来的“比、兴、美、刺”传统，重视诗歌的现实内容和社会效果。

一、口不能言识两字

白居易生长在“世敦儒业”的书香门第，自幼“聪慧绝人”，成年后发奋苦读，加上其母陈氏“亲执诗书，昼夜教导，恂恂善诱”，终成为诗歌大家。

在白居易六七个月大时，乳母抱着他在书屏前指着“无”字和“之”字让他认，他虽口不能言，但心已默识，再问二字，“虽百十其试而指之不差”。

白居易小时候就展现了聪慧的天资，在他五六岁时，有一天忽然听到街上有人在争吵，他出门一看，原来两个邻居是为一只老母鸡争吵，都说母鸡是自家的，双方争执不下。这时小居易说话了："你们别吵了，先把母鸡放在地上，母鸡怀旧窝，它会自己跑回家的，进了谁家的门，自然就是谁家的。"大家一听，都说这个方法好。母鸡一放在地下，就一溜小跑地进了主人家的门，在众人的哄笑声中，另一位街坊脸色通红地低头走了，大家都夸白居易小小年纪就能明断邻里纠纷。

南宋洪迈在《容斋随笔》中记载，唐铨择人之法有四："一曰身，谓体貌丰伟；二曰言，言辞辩正；三曰书，楷法遒美；四曰判，文理优长。凡试登科谓之入等，甚拙者谓之蓝缕；选未满而试文三篇谓之宏辞，试判三条谓之拔萃，中者即授官。既以书为艺，故唐人无不工楷法；以判为贵，故无不习熟。而判语必骈俪，今所传《龙筋凤髓判》及《白乐天集·甲乙判》是也。"

鉴于此，白居易在《与元九书》中说自己五六岁"便学为诗"，九岁"谙识声韵"，十五六岁开始知道考中进士的荣耀，就刻苦读书。二十岁以后，白居易白天学习作赋，夜里刻苦读书、习练书法，间或学习作诗，连睡觉和休息都顾不上，以至于嘴和舌头都生疮，手和肘都磨出茧，未老先衰，头发早早地变白了，看东西总是恍惚，好像有飞蝇在眼前晃动。

天道酬勤，刻苦读书虽然让白居易付出了健康的代价，但也给了他丰厚的报酬，为他日后成为唐朝伟大诗人奠定了坚实的基础。

二、有句如此居大易

新旧唐书均记载了十六岁的白居易到长安第一次拜见大

诗人顾况的故事。

顾况，别号华阳山人，晚字逋翁，祖籍润州丹阳（今江苏丹阳），生于唐玄宗开元十三年（725 年），卒于唐宪宗元和九年（814 年），至德二年（757 年）三十三岁进士及第，任著作佐郎。

白居易十六岁到长安赴试，拜访著名诗人顾况，顾况看到“白居易”三个字，便诙谐幽默地说：“长安米贵，居大不易。”白居易把写好的《赋得古原草送别》送给顾况看，顾况读到“野火烧不尽，春风吹又生”时，大为惊奇，拍案叫绝，马上改变语气，郑重地说：“有诗如此，居亦何难？”从此，白居易名声大振。

赋得古原草送别

离离原上草，一岁一枯荣。
野火烧不尽，春风吹又生。
远芳侵古道，晴翠接荒城。
又送王孙去，萋萋满别情。

白居易十六岁时就写出了“野火烧不尽，春风吹又生”这样的诗句，富有深刻的哲理。

白居易的祖父、父亲都是明经出身，儒家弟子，白居易的名字来自于儒家经典《礼记·中庸》中的：“君子居易以俟命，小人行险以侥幸”，即君子安处平安和悦的境地以待天命，小人却铤而走险妄图获得非分的东西。“居易”就是君子处于平安的境地，其实顾况也知道白居易名字的由来，只是跟他开个玩笑罢了。

三、小娃偷采白莲回

苏轼曾言“乐天长短三千首”，在这里，我们不可能都一一列出进行品读，下面就选几首短诗加以欣赏。

池上

小娃撑小艇，偷采白莲回。

不解藏踪迹，浮萍一道开。

这首清丽的小诗画面感很强，仿佛看到一个小孩儿划着小船，行色慌张，左顾右看，偷采白莲又抓紧返回的情景。诗的小主人公撑船进入画面，到他离去后水面的浮萍留下了一条船儿划过的痕迹，有景有色，有行动描写，有心理刻画，细致逼真，富有情趣，而这个小主人公天真可爱、活泼淘气的形象也就栩栩如生、跃然纸上了。

观游鱼

绕池闲步看鱼游，正值儿童弄钓舟。

一种爱鱼心各异，我来施食尔垂钩。

这首诗描绘了一幅平淡普通的生活场景。诗人池畔观赏悠闲自在的游鱼，恰巧碰到几个儿童正摆弄钓舟垂钓，有感而发，表现了作者、儿童喜欢鱼的共同点与不同点：共同点是“爱鱼”。不同点是一方为观赏，一方为垂钓；一方施食盼望鱼儿快快长大，一方是把鱼钓住图乐。即景写情，对比强烈，发人深思，从中引出“爱鱼心各异”的情状和道理来，于平淡中见新奇，韵味悠长。

鸟

谁道群生性命微，一般骨肉一般皮。
劝君莫打枝头鸟，子在巢中望母归。

诗中规劝人们爱护鸟类，要有一颗爱心，在鸟幼小的时候不要伤害它们的母亲。这不正是我们今天提倡的人类要尊重自然、爱护自然、与自然和平共处的道理吗？

大林寺桃花

人间四月芳菲尽，山寺桃花始盛开。
长恨春归无觅处，不知转入此中来。

北宋科学家沈括读到“人间四月芳菲尽，山寺桃花始盛开”两句诗时，认为白居易写错了，于是他亲自前去考察，结果发现确实如此。

本诗作于元和十二年(817 年)四月，诗写大林寺山势高耸，春晚花开迟，由此表现惜春的心情。前两句写四月初夏正值春花已尽，却在山中古寺见到桃花刚刚盛开。“芳菲尽”与“始盛开”形成对比，表达了从对“春归”的叹惜到又见春色的惊喜；第三句遥应首句，直接写出对“春归”的惋惜，无处寻春的惆怅；末句语言质朴而出人意外，惊喜之情溢于言表，与上一句“长恨春归”呼应，传达如置身仙境之感。

暮江吟

一道残阳铺水中，半江瑟瑟半江红。
可怜九月初三夜，露似真珠月似弓。

诗篇描写了秋季某天从黄昏到夜晚的绮丽景色，如一幅设色、运笔俱佳的图画。诗人眼光敏捷，遣词简洁生动，前两句写夕阳西下时色彩奇特的江水，后两句写新月初升时清丽的夜景。暮景和夜景这两个画面，由第三句“可怜九月初三夜”相衔接，自然地形成过渡，表现出诗人长时间观赏景色，沉浸其中。同时点名日期，寓含纪实性的意味，读来真切。

遗爱寺

弄石临溪坐，寻花绕寺行。
时时闻鸟语，处处是泉声。

这是一首写景抒情的短诗，诗人将石、溪、花、鸟、泉等多种自然景物有机地组合在一起，描绘了一幅清新秀丽、生机勃勃的图画，勾勒出遗爱寺令人神往的风景，又通过“弄”“寻”“行”等细致的动作描写，表达了诗人对大自然的无限热爱之情。

诗歌虽然皆为对仗，诗人善于运用动词，并在第二联中及时变换句式结构，使得诗歌既具有整饬之美，同时又充溢着一种流动活泼的诗意，生动表现了遗爱寺周围生机盎然、清幽雅致的环境气氛。

种桃杏

无论海角与天涯，大抵心安即是家。
路远谁能念乡曲，年深兼欲忘京华。
忠州且作三年计，种杏栽桃拟待花。

本诗作于元和十五年（820 年），白居易时任忠州刺史。诗中以“心安即是家”来表现诗人随遇而安的心境。这种心境屡有表达，如大和年间在洛阳写到“身心安处为吾土”。本诗是一首七言小律，中间一联对仗。前两句直写心境，末两句则写出种花看花的具体打算。

夜雪

已讶衾枕冷，复见窗户明。
夜深知雪重，时闻折竹声。

诗中没有采取常用的直接描写的手法来写雪景，而是采取侧面烘托的手法，通过多种角度的感受来表现大雪，笔法简练细致。前两句通过身体、眼睛的感觉判断已下雪，“衾枕冷”点名是夜雪，“窗户明”则表明积雪反光强烈，后两句通过听觉进一步判断雪下得很大——雪落本寂静无声，而从“折竹声”可知雪“重”，雪降不止。

村夜

霜草苍苍虫切切，村南村北行人绝。

独出前门望野田，月明荞麦花如雪。

《村夜》为仄韵七绝。前两句表现村夜的静寂，从中透露心情的寂寞；后两句转向远望田野，有豁然开朗之感；结句写月光照耀，白色的荞麦花开，更显遍野雪白，笔下景色动人。

读起这些简短的诗句，我们似乎看到了一幅幅美丽的图画。

问刘十九

绿蚁新醅酒，红泥小火炉。

晚来天欲雪，能饮一杯无？

这首短诗，告诉读者三层意思：一是白居易很会酿酒；二是在一个即将降雪的冬天；三是刘十九是作者的好友，他们经常在一起饮酒赋诗。在一个寒冷的冬季，作者刚刚酿造好新酒，上面还泛着绿泡、散发着扑鼻的香味。红泥做的小火炉烧得正旺，温着新酒。天色将晚，要下雪了，碰巧好友来访，白居易轻轻地对好友说：我们一起干一杯吧。

这首诗意境安详，悠然自得，充满了温馨和惬意，是现实生活中的白居易生活恬淡，与世无争的真实写照，也是白诗“轻俗”风格的体现。

四、桃花源里朱陈村

白居易还写过一首描绘古时一村镇两姓通婚、和睦相处、常年欢乐的五言诗《朱陈村》，全诗长达三百四十字，非常优美。诗中描画的田园图景，读之犹入世外桃源。诗写道：

徐州古丰县，有村曰朱陈。去县百余里，桑麻青氛氲。
机梭声札札，牛驴走纭纭。女汲涧中水，男采山上薪。
县远官事少，山深人俗淳。有财不行商，有丁不入军。
家家守村业，头白不出门。生为村之民，死为村之尘。
田中老与幼，相见何欣欣。一村唯两姓，世世为婚姻。
亲疏居有族，少长游有群。黄鸡与白酒，欢会不隔旬。
生者不远别，嫁娶先近邻。死者不远葬，坟墓多绕村。
既安生与死，不苦形与神。所以多寿考，往往见玄孙。
我生礼义乡，少小孤且贫。徒学辨是非，只自取辛勤。
世法贵名教，士人重冠婚。以此自桎梏，信为大谬人。
十岁解读书，十五能属文。二十举秀才，三十为谏臣。
下有妻子累，上有君亲恩。承家与事国，望此不肖身。
忆昨旅游初，迨今十五春。孤舟三适楚，羸马四经秦。
昼行有饥色，夜寝无安魂。东西不暂住，来往若浮云。
离乱失故乡，骨肉多散分。江南与江北，各有平生亲。
平生终日别，逝者隔年闻。朝忧卧至暮，夕哭坐达晨。
悲火烧心曲，愁霜侵鬓根。一生苦如此，长羡村中民。

朱陈村这一特殊的婚姻习俗与和睦相处的生活，是很有影响的，后来人们就把“朱陈”两字作为如“秦晋之好”联姻的代称，《红楼梦》中就运用了这一代称，有“仰蒙雅爱，许结朱陈”的句子。宋朝著名学者苏轼还根据一幅反映朱陈村这种习俗的《朱陈村嫁娶图》写过两首诗：“何年顾陆丹青手，画作朱陈嫁娶图。闻道一村惟两姓，不将门户买崔卢。”（《陈季常所蓄朱陈村嫁娶图其一》）；“我是朱陈旧使君，劝农曾入杏花村。而今风物那堪画，县吏催钱夜打门。”（《陈季常所蓄朱陈村嫁娶图其二》）

朱陈村是世人向往的地方，是一处“桃花源”，这个村到底在何处，目前尚无定论，但有一点是肯定的，这个村一定有山有水，虽交通不便，但环境优美。也许朱陈村是虚构的，只是诗人的一种美好愿望。

五、百两黄金购白诗

唐朝是东西方文化交融的朝代，当时在长安的外国人约占长安总人口的百分之五。日本多次派出庞大的队伍学习中国文化，日本的天皇称号就是学习唐高宗、武则天祭拜泰山后高宗称天皇、武则天称地皇的结果，至今沿用。新罗、大食等十几个国家也多次派人到唐朝取经。

白居易的诗歌流传甚广，据《旧唐书》记载，二十年间，三四千里，乡校、佛寺、逆旅、江馆住间、行舟之中书写、吟咏的到处是白居易的诗歌。鸡林国（位于今朝鲜半岛）的商人专门来到长安求购白居易的诗，购得后献给他们的宰相，宰相拿一百两黄金换一篇，如果不是白居易的诗，这位宰相还能分辨出来。

白居易的诗歌就像风情万种的美人，很少有人坐怀不乱。据传说，时任宰相李德裕怕受白居易的诗歌感染，白居易寄给他的诗文，他从不阅读而用一个竹筐封存。刘禹锡劝李德裕至少把书信看完，李德裕却说："不行，看了我怕自己会心软。"

军使高霞寓，想娶娼妓为妻，娼妓临上花轿时坐地起价，要求增加聘礼，原因是她能背诵白居易的《长恨歌》。

白居易有时参加宴会，歌妓唱完《长恨歌》《秦中吟》等歌曲后，纷纷跑到白居易的身旁，告诉观众这就是歌曲的作者，场面气氛迅速升温，宾客皆拍手欢动起来。

白居易每写一首诗，都会有人谱成歌曲传扬开来。

洛阳永丰坊西南角有一棵枝繁叶茂的垂柳，枝条垂下，犹如玉帘，风吹摆动，婀娜多姿。白居易触景生情，写了一首《杨枝词》：

一树春风千万枝，嫩于金色软于丝。
永丰西角荒园里，尽日无人属阿谁？

这首诗迅速成为流行金曲，在西安、洛阳官办教坊竞相传唱起来，唐宣宗甚至下旨从这株柳树上取两条柳枝在御花园栽种，长安和洛阳的权贵纷纷效仿，荒园主人趁机收钱，漫天要价，但仍挡不住人们购买柳枝的热情，洛阳刺史只好派兵把柳树作为名胜保护起来，禁止任何人折枝买卖。白居易有感于唐宣宗的厚爱，拖着病体写下了《诏取永丰柳植禁苑感赋》一诗：

一树衰残委泥土，双林荣曜植天庭。
定知此后天文里，柳宿光中添两星。

此诗大意是：虽然永丰坊的荒地里长着一棵枯萎的柳树，但是该树上的两条柳枝荣耀地植于皇帝庭院，由此可知，此后的天象里，柳宿星座将添上两颗光芒耀眼的新星。

六、炉火纯青琵琶歌

白居易在任江州司马时写下了千古名篇《琵琶行》。

《琵琶行》一经问世便广为传颂。唐朝很多年轻人都把白居易的《琵琶行》纹在身上，以示对白居易诗词的热爱，就连青楼女子也因会唱《琵琶行》而自抬身价。

有一点值得探讨求证：白居易写《琵琶行》前，客人是谁？有几个客人？为什么在夜间去送客？客人是不是有什么急事？从下面的诗句就可以看出上述疑问："浔阳江头夜送客，枫叶荻花秋瑟瑟。""凄凄不似向前声，满座重闻皆掩泣。"一个"皆"字说明不是一个人在听弹琵琶！

1994年，在由李永庆编剧，路继贤、李学庭改编，崔俊波导演，著名演员刘劲主演的十八集电视连续剧《白居易》第十六集中，白居易夜晚在浔阳江头送的客人是朋友"梁明"一人，很显然是虚构的。

还有的学者大胆推测，白居易贬谪江州后，遇见了逃荒至此的湘灵父女，情人相见，互诉衷肠，父女二人住了一段时间后，担心影响白居易的仕途与家庭生活，便决定离开，故白居易浔阳江头夜送的客人是湘灵父女。笔者认为，此断不可能，理由是：一则相距遥远，二则信息不通，三则未见白居易作此诗。

还有学者认为，琵琶女弹琵琶的情节是白居易虚构的，笔者认为亦不可能。至于白居易是否在长安早已认识琵琶女则不得而知。常言道，感人心者必先发乎于情。正因为有唐玄宗和杨贵妃真实爱情故事作为铺垫，白居易才写出了《长恨歌》，只有琵琶女年老色衰的遭遇与诗人为国尽忠而遭贬的遭遇暗合，白居易才能在那样的环境下写出《琵琶行》这样的千古名篇。

南宋学者张戒著有《岁寒堂诗话》一书，该书最为突出的理论价值在于着重探讨了诗歌艺术的审美特征等问题，兼评历代诗人佳作。张戒在书中评述："《长恨歌》，元和元年乐天尉盩厔时作，是时年三十五，谪江州，十一年作《琵琶行》，二诗工拙，远不侔（意相等、齐）矣。如《琵琶行》，虽未免于烦悉，然其语意甚当，后来作者未易超越也。"陈寅恪先生在《元白诗笺证稿》中针对张戒的评述作案语道："张氏谓琵琶引'语意甚当，后来作者，未易超越'。其言甚允。"由此可见，白居易若不现场亲闻亲历琵琶女弹奏，不可能写出炉火纯青的《琵琶行》。

元和十一年夏，白居易的兄长幼文自宿州携弟妹六人至江州。白居易的这些亲属夏天来到江州后，一直陪伴心情烦闷的白居易。他们是否于秋天离开，白居易送至湓浦口，有待考证。

下面我们分析一下《琵琶行》这篇美文，究竟好在哪里，其写作有什么特点，这篇文章的警句是什么。

琵琶行

元和十年，予左迁九江郡司马，明年秋，送客湓浦口，闻舟中夜弹琵琶者，听其音，铮铮然有京都声，问其人，本长安倡女，尝学琵琶于穆、曹二善才，年长色衰，委身为贾人妇。遂命酒，使快弹数曲，曲罢悯然。自叙少小时欢乐事，今漂沦憔悴，转徙于江湖间。予出官二年，恬然自安，感斯人言，是夕始觉有迁谪意，因为长句，歌以赠之，凡六百一十二言，命曰《琵琶行》。

浔阳江头夜送客，枫叶荻花秋瑟瑟。主人下马客在船，举酒欲饮无管弦。醉不成欢惨将别，别时茫茫江浸月。

忽闻水上琵琶声，主人忘归客不发。寻声暗问弹者谁？琵琶声停欲语迟。移船相近邀相见，添酒回灯重开宴。千呼万唤始出来，犹抱琵琶半遮面。转轴拨弦三两声，未成曲调先有情。弦弦掩抑声声思，似诉平生不得志。低眉信手续续弹，说尽心中无限事。轻拢慢捻抹复挑，初为《霓裳》后《六幺》。大弦嘈嘈如急雨，小弦切切如私语。嘈嘈切切错杂弹，大珠小珠落玉盘。间关莺语花底滑，幽咽泉流冰下难。冰泉冷涩弦凝绝，凝绝不通声暂歇。别有忧愁暗恨生，此时无声胜有声。银瓶乍裂水浆迸，铁骑突出刀枪鸣。曲终收拨当心画，四弦一声如裂帛。东船西舫悄无言，唯见江心秋月白。

沉吟放拨插弦中，整顿衣裳起敛容。自言本是京城女，家在虾蟆陵下住。十三学得琵琶成，名属教坊第一部。曲罢曾叫善才服，妆成每被秋娘妒。五陵年少争缠头，一曲红绡不知数。钿头银篦击节碎，血色罗裙翻酒污。今年欢笑复明年，秋月春风等闲度。弟走从军阿姨死，暮去朝来颜色故。门前冷落鞍马稀，老大嫁作商人妇。商人重利轻别离，前月浮梁买茶去。去来江口守空船，绕船月明江水寒。夜深忽梦少年事，梦啼妆泪红阑干。

我闻琵琶已叹息，又闻此语重唧唧。同是天涯沦落人，相逢何必曾相识。

我从去年辞帝京，谪居卧病浔阳城。浔阳地僻无音乐，终岁不闻丝竹声。住近湓江地低湿，黄芦苦竹绕宅生。期间旦暮闻何物？杜鹃啼血猿哀鸣。春江花朝秋月夜，往往取酒还独倾。岂无山歌与村笛，呕哑嘲哳难为听。今夜闻君琵琶声，如听仙乐耳暂明。莫辞更坐弹一曲，为君翻作琵琶行。感我此言良久立，却坐促弦弦转急。凄凄不似向前声，满座重闻皆掩泣。座中泣下谁最多？江州司马青衫湿。

《琵琶行》共八十八句，集叙事、描写、抒情于一体，写作艺术达到了出神入化、炉火纯青的地步。

先讲讲叙事。本诗叙事层层铺开，环环紧扣：先写在一个秋天的夜晚，诗人到浔阳江头送客，可惜喝酒时没有音乐，只好“醉不成欢惨将别”，客人即将离开时，突然传来一阵仙乐般的琵琶声，诗人、客人就都停了下来，马上把船靠过去，请弹琵琶的女子出来演奏一番。琵琶女弹完琵琶诉说了她的身世，她原是在长安弹琵琶，后年老色衰流落江边。琵琶女的诉说引起了诗人白居易的同情。

再讲一下描写。笔者认为《琵琶行》最好的就是它的描写，寥寥数语就勾勒出琵琶女的神态：刚出来时是“犹抱琵琶半遮面”，有点害羞，待弹完一曲后“沉吟放拨插弦中，整顿衣衫起敛容”，恭恭敬敬地对面前这些陌生的官员倾诉平生。

在描写月亮时，开头是“醉不成欢惨将别，别时茫茫江浸月”，月亮不太明亮，琵琶女弹完后的月亮是“东船西舫悄无言，唯见江心秋月白”，又亮了起来。周围静悄悄的没有声音，告诉人们天色已经很晚了。瑟瑟作响的枫叶、荻花和茫茫江月构成哀凉孤寂的画面，其中透露的凄楚、感伤、怅惘为诗中人物事件统统染色，也使读者面对如此意境、氛围，不由得心灵摇荡，不能自已。

描写得最出色的是弹琵琶的声音：“大弦嘈嘈如急雨，小弦切切如私语。嘈嘈切切错杂弹，大珠小珠落玉盘。间关莺语花底滑，幽咽泉流冰下难。冰泉冷涩弦凝绝，凝绝不通声暂歇。别有忧愁暗恨生，此时无声胜有声。银瓶乍裂水浆迸，铁骑突出刀枪鸣。曲终收拨当心画，四弦一声如裂帛。”我们读起这些诗句来，就好像身临其境，亲耳听到琵琶悦耳的声音，真是绘声绘色。

最后讲一下抒情。《琵琶行》最感动我们的是“情”。俗话说“感人心者莫先乎情”，情是诗的眼睛。让我们最感动的不是诗歌本身的写作艺术，而是诗歌里面所蕴含的那份情。

《琵琶行》整首诗都沉浸在浓郁伤感的抒情之中。白居易与琵琶女素昧平生，两人本来的身份也是不一样的。琵琶女曾为长安城里的歌伎，虽是一个卖唱的，地位低下，但其在长安时受到很多青年才俊的追捧，每弹完一曲，喝彩声此起彼伏，送礼者争先恐后，收到的礼物不计其数，甚至因此引起其他歌伎的嫉妒。现在因为年老色衰，只好嫁给一个卖茶的商人，流落到这浔阳江头。商人重利轻别离，经常到浮梁贩茶，把她一个人抛弃在这条空船上，让她着实感到孤寂、悲伤。而白居易是士大夫，曾是翰林学士，经常伴随皇帝身边，无比风光，后来由于忠于朝廷，犯颜直谏而受到打击，虽有满腹才华却失去了为国效力的机会，被贬至江州，做了一个编制外的司马闲官，送客时都没有管弦相伴，心里充满了失落感。相似的经历使白居易和琵琶女之间产生了同情与共鸣，于是产生了《琵琶行》这一诗篇，产生了“同是天涯沦落人，相逢何必曾相识”这一警句。

《琵琶行》里面所蕴含的真情告诉我们：无论你漂泊到何处，哪怕你举目无亲，只要我们怀着这种美好的情愫，你一定会在茫茫人海中找到朋友，在芸芸众生里寻到知己，产生共鸣，同声相应，同气相求。

七、精神遗产传后人

白居易对自己一生所写的诗文高度重视，他不停地写，不断地编撰，给后人留下了一笔宝贵的精神遗产。

四十四岁时，白居易被贬谪江州，空闲之下，开始分类编辑自己的诗歌集。他在《与元九书》中记述："仆数月来，检讨囊帙中，得新旧诗，各以类分，分为卷目。"这次编撰的是元和十年(815 年)以前的作品，费时长达数月，成集十五卷。卷后题诗："世间富贵应无分，身后文章合有名。莫怪气粗言语大，新排十五卷诗成。"

六十四岁时他开始整理编撰自己的诗集，起名《白氏文集》，编辑六十卷，存于庐山的东林寺。

六十五岁时又整理，名字仍叫《白氏文集》，编辑六十五卷，存于洛阳的圣善寺。

六十八岁时又整理，名字还叫《白氏文集》，编辑六十七卷，存于苏州的南禅寺。

六十九岁时整理在东都洛阳写的诗文，叫《白氏洛中集》，编辑十卷，存于洛阳的香山寺。

七十四岁时整理终生写的诗文，叫《白氏长庆集》，共七十五卷，三千八百四十篇诗文，编辑整理完成后专门请人抄写五套，分别放在庐山的东林寺、洛阳的圣善寺、苏州的南禅寺，另两套分别留给自己的侄儿阿龟和外孙谈阁郎存放。

白居易为了让自己的诗文留存下来，真是用心良苦。非常值得庆幸的是，白居易的诗文只遗失五卷，流传下来七十卷。这是白居易留给我们的最好遗产。

七十五岁时，也就是公元 846 年 9 月 8 日，白居易病逝于洛阳，葬于洛阳香山琵琶峰。

八、字里行间品醇香

白居易是一位多产的诗人，有“诗魔”和“诗王”之称，他的诗歌题材广泛，形式多样，语言平易通俗，读起来朗朗上口，往往用浅显的语言来阐释深刻的哲理，从平实见高山，从通俗见大海，后人对白居易的诗文给予了高度的评价：

（一）《旧唐书·白居易传》：不亦贤乎

臣观元之制策，白之奏议，极文章之壸奥，尽治乱之根荄。非徒谣颂之片言，盘盂之小说。就文观行，居易为优。放心于自得之场，置器于必安之地。优游卒岁，不亦贤乎！

（二）《新唐书·白居易传》：居易其贤哉

观居易始以直道奋，在天子前争安危，冀以立功。虽中被斥，晚益不衰。……而稹中道偿险得宰相，名望漼然。呜呼！居易其贤哉！

（三）《唐才子传·白居易》：言言皆实

公诗以六义为主，不尚艰难。每成篇，必令其家老妪读之，问解则录。后人评白诗“如山东父老课农桑，言言皆实”者也。

(四)唐宣宗:文章已满行人耳

唐宣宗李忱是中唐时期一位很有作为的皇帝,曾开创了“大中之治”,有“小太宗”之称。他热爱诗词,非常崇拜白居易,登基五个月后,听到白居易溘然长逝,甚是悲痛,专门作七律《吊白居易》。这是对白居易一生的总结概括:

缀玉联珠六十年,谁教冥路作诗仙。
浮云不系名居易,造化无为字乐天。
童子解吟长恨曲,胡儿能唱琵琶篇。
文章已满行人耳,一度思卿一怆然。

下面对此诗逐联进行分析:

首联一开始就对白居易的诗作推崇极高,对诗坛上这颗巨星的陨落表示了深切的惋惜之意。

颔联着重赞扬白居易不计名利、随遇而安、乐观豁达的思想性格。

颈联高度概括了白居易的创作历程,尤其用“童子解吟”和“胡儿能唱”,点出了白居易诗歌创作的风格及特点。

尾联用“文章已满行人耳”来形象地表明白居易之作品的影响及受欢迎的程度。白居易的诗如风一般流行,与行人形影不离,你只要出行在外,就能听到吟诵白诗的声音。“一度思卿一怆然”是说作者听到吟诵之声,就会牵动起思念白居易的感情,内心充满无比的悲伤与哀痛。

(五)晚唐张为:广德大化教主

晚唐诗人张为编写了一本《诗人主客图》,主要是讲一些大诗人所属的诗歌流派。这本书中孟郊被称为“清奇僻苦主”，武元衡被称为“瑰奇美丽主”，李益被称为“清奇雅正主”，鲍溶被称为“博解宏拔主”，孟云卿被称为“高古奥逸主”，而白居易被称为“广大教化主”，也就是说白居易的诗歌对广大民众有广泛教化作用。晚唐翰林学士、诗人吴融在《禅月集序》中说：“昔张为作诗图五层，以白氏为广德大教化主，不错矣。”

（六）苏轼：元轻白俗

苏轼评价为“元轻白俗”，就是说元稹、白居易的诗风通俗易懂，并常以白居易自比：“定似香山老居士，世缘终浅道根深。”苏轼的号“东坡”是怎么来的呢，就来自于白居易的《东坡种花》诗。

苏轼被贬黄州时的境遇、心情和当年白居易谪贬忠州时颇相似，他在自己的许多诗作中都有记述，如在《去杭州》诗中说：“出外依稀似乐天，敢将衰朽校前贤。”“衰朽”是苏轼自喻，“前贤”则指白居易。他在此诗的“序”中还说，平生自觉出处老少粗似乐天，是出于对白居易高尚品德的仰慕。

白居易任忠州刺史时，写了《东坡种花两首》：

东坡种花二首

其一

持钱买花树，城东坡上栽。但购有花者，不限桃杏梅。

百果参杂种，千枝次第开。天时有早晚，地力无高低。

红者霞艳艳，白者雪皑皑。游蜂遂不去，好鸟亦栖来。

前有长流水，下有小平台。时拂台上石，一举风前杯。
花枝荫我头，花蕊落我怀。独酌复独咏，不觉月平西。
巴俗不爱花，竟春无人来。唯此醉太守，尽日不能回。

其二

养树既如此，养民亦何殊？将欲茂枝叶，必先救根株。
东坡春向暮，树木今何如？漠漠花落尽，翳翳叶生初。
每日领童仆，荷锄仍决渠。划土壅其本，引泉溉其枯。
小树低数尺，大树长丈余。封植来几时，高下齐扶疏。
云何救根株？劝农均赋租。云何茂枝叶？省事宽刑书。
移此为郡政，庶几氓俗苏。

苏轼向来对白居易非常崇拜，也在杭州任过太守，非常了解这两首诗，苏轼被贬黄州后，由于家人较多，支出大，吃饭也成了问题，正好黄州城东有一片五十亩的荒坡地，黄州徐太守就把这块地拨给了苏轼一家人种。苏轼对于垦植这片土地很高兴，不但解决了吃饭问题，更因其在黄州城东，是一块坡地，与唐代大诗人白居易当年植树种花的忠州“东坡”相似，苏轼在四十六岁时效法白居易，将其地称为“东坡”，自号“东坡居士”，从此苏东坡这个称呼就诞生了。

（七）清乾隆：虑输白少傅

清乾隆皇帝敕编的《唐宋诗醇》，选了六位诗人，唐朝四人，分别是李白、杜甫、白居易、韩愈，宋朝选了两人，分别是苏轼、陆游。乾隆皇帝对白居易的诗文与为人均给予极高的评价，认为白居易“实具经世之才”，并认为官员应以白居易的诗“救烦无若静，补拙莫如勤”作为座右铭。乾隆十五年（1750年），乾隆皇帝到中岳封禅，至洛阳驾幸香山寺，他想到白居易经常游览并重修香山寺，赋诗“虑输白少傅，已著祖生鞭”以表达对白居易的景仰。乾隆皇帝在《唐宋诗醇》中评点白居易的诗计二百零四则，并对诋毁白居易者引用韩愈“蚍蜉撼大树，可笑不自量”诗句予以耻笑。

（八）胡适：文学革新运动的领袖

胡适赞扬以白居易与元稹为领袖的文学革新运动，认为这一运动可以达到以诗歌造成舆论，而有助于改善政治。

（九）毛泽东：以平等身份与人推诚

毛泽东批注《二十四史 · 白居易传》曰：“江州司马，青衫泪湿，同在天涯。作者与琵琶演奏者有平等的心情。白诗高处在此，不在他处，其然岂其然乎？”老人家对白居易的市民意味颇为赞赏，因为白诗常常能设身处地，以平等身份与人推诚，而非怜悯口气。毛泽东还手书《长恨歌》，从“汉皇重色思倾国”写起，至“惊破霓裳羽衣曲”止，陕西省周至县将其刻碑立于《长恨歌》的诞生地——仙游寺。

（十）陈毅元帅：古今谁能继

陈毅元帅曾作诗赞扬白居易说：“吾读乐天诗，晓畅有深意。一生事白描，古今谁能继？”

（十一）日本：日本文化的恩人

白居易的作品传入日本的时间最早见于《日本文德天皇

实录》上的记载，承和五年(838 年)，由太宰少贰藤原岳守从唐商人带来的物品中挑选《元白诗笔》呈给仁明天皇，随后，遣唐使陆续带回了更多的作品。据《日本国见在书目》记载，当时传到日本的有《白氏文集》七十卷本和《白氏长庆集》二十九卷本。根据日本学者金子彦二郎著《平安时代文学与白氏文集》统计，在平安文士大江维时编辑的《千载佳句》中，共收录中日诗人诗歌一千一百一十首，白居易一人的诗歌就占了五百三十五首。另据川口久雄统计，在藤原公任编纂的诗集《和汉郎咏集》中，共收录五百八十八首诗，其中白居易的诗就有一百三十九首。

日本文化界普遍认为白居易的诗文已经超过李白、杜甫，是第一位的，白居易的文集在日本受到高度评价。平安时代，菅原道真写汉诗，当时渤海国的人见到道真的诗，认为与白居易的诗很像，这评语令道真很高兴，还特意记载下来，引以为荣。日本友人在白居易的墓旁立碑，碑文这样写道：伟大的诗人白居易先生，您是日本文化的恩人，您是日本举国敬仰的文学家，您对日本之贡献恩重如山，万古流芳，吾辈永志不忘。

《唐诗三百首》选入白居易的诗有六首，分别是《长恨歌》《琵琶行》《七律·望月》《五言律诗·草》《五言绝句·问刘十九》《七言绝句·后宫词》。

全国各地使用的中小学教材中选用古诗词三百余首，白居易的诗就有三十多首。

在唐朝数千位诗人中，李白、杜甫之外，白居易位列第三，但也可以说他是诗词王国里群星闪耀中最亮的那一颗明星。

春天来临，你可以说“日出江花红胜火，春来江水绿如蓝”；夏天来临，面对起伏的麦浪，你可以说“夜来南风起，小麦覆陇黄”；秋天来临，你可以说“可怜九月初三夜，露似真珠月似弓”；冬天来临，你可以说“晚来天欲雪，能饮一杯无？”

朋友来访，你可以说“为我引杯添酒饮，与君把箸击盘歌”；朋友出门在外，你可以说“忽忆故人天际去，计程今日到梁州。”

看到孩童采莲，你可以说“小娃撑小艇，偷采白莲回”；听到嗷嗷待哺的幼鸟时，你可以说“劝君莫打枝头鸟，子在巢中望母归。”

当遇见老师，你可以说“令公桃李满天下，何用堂前更种花”；当遇到同在异国他乡、素昧平生的朋友时，你可以说“同是天涯沦落人，相逢何必曾相识。”

当你邀约朋友，朋友羞羞答答时，你可以说“千呼万唤始出来，犹抱琵琶半遮面”；当向你的情人表决心时，你可以说“在天愿作比翼鸟，在地愿为连理枝”；当祝福朋友新婚时，你可以说“天生丽质难自弃，一朝选在君王侧”；当美人流泪时，你可以说“玉容寂寞泪阑干，梨花一枝春带雨”……

这就是美丽的生活。

第七章 白居易其人其诗的启示

像对待许多历史人物一样，后代对白居易评价不断，议论有异，褒贬不一，这都是正常的，正如苏轼诗“横看成岭侧成峰，远近高低各不同”所说的那样，我们不应该对历史人物过分苛求，对其评价也不能脱离那个时代妄下判语，要以辩证唯物主义矛盾分析法看待历史人物，抓住主要矛盾和矛盾的主要方面，这才是应有的态度和应把握的方向。

白居易和他的诗文究竟带给我们怎样的启示呢？

一、白居易的直言进谏：天下利病无不言

在其位，谋其政。白居易在担任翰林学士兼左拾遗期间，认真履职，不惧权贵，敢冒杀身之祸，多次上疏批评弹劾唐宪宗心腹之人，多次举报贪官污吏，为国尽忠，真正做到了“朝廷得失无不察，天下利病无不言，誓心除国蠹，决死冒天威”。据

统计，被他直接点名批评的宦官有五人，点名批评的节度使也有五人。不仅如此，他还写了很多讽喻诗、乐府诗，对那些欺压盘剥百姓、领高薪而不为朝廷出力的官僚进行了无情抨击。他在《不致仕》中说："朝露贪名利，夕阳忧子孙。挂冠顾翠緌，悬车惜朱轮。金章腰不胜，伛偻入君门。"

元和十年后，白居易在忠州、杭州、苏州刺史任上，以一个地方官的担当为民办事，深受当地百姓的爱戴。

苏洵云："贤者不悲其身之死，而忧其国之衰。"古人尚有这样的境界，何况我们呢？

二、白居易的为民情怀：一身独暖亦何情

白居易生活在一个动乱的年代，祖父、父亲都是地方小官，十几岁时与流离失所的灾民一起逃荒避难，所见"田园寥落干戈后，骨肉流离道路中"，"可怜身上衣正单，心忧炭贱愿天寒"，深知民间疾苦。

（一）在朝廷任职时为民请命

例如，唐朝所实行的《和籴法》的主要内容是，遇到丰收年景，朝廷要以稍高于市场的价格向农民收购粮食，遇到灾年，朝廷要以低于市场的价格将粮食出售给农民，这样做一方面是为了平抑粮价，另一方面是为了确保农民的利益免受损失。到了中唐时期，《和籴法》的实行变了样，不论丰年还是灾年，州县都要按照户口强迫农民按低于市场的价格交售粮食。白居易多次上疏朝廷修改《和籴法》，把强迫变成自愿，虽然收效

甚微,但白居易为民请命的精神受到后人赞叹。

(二)在任地方官员时为民办事

白居易任盩厔县尉时直接接触百姓,看到百姓汗流浃背地锄禾收割,内心愧疚,充满同情。任忠州刺史时为百姓修路,任杭州刺史时疏浚六井,兴修水利,灌溉农田,任苏州刺史不到一年,开挖山塘河,从苏州阊门一直挖到虎丘山下,直至今日这条河仍在发挥着作用。

白居易于太和五年(831 年)冬任河南尹,他十分同情老百姓,深切盼望百姓吃得饱、穿得暖,虽然在经历仕途上的多次挫折后,青壮年时的锐气逐渐消失,以致"露饱蝉声懒",但他关心百姓疾苦的人道主义思想始终未泯,家里给他做一身绫袄,质地柔软温暖,他想到"百姓多寒无可救,一身独暖亦何情",心中滋味并不好受,"心中为念农桑苦,耳里如闻饥冻声",体现了他博爱的胸怀,同早年思想一贯,真挚地表达了诗人为贫民着想的仁爱思想。

新制绫袄成感而有咏

水波文袄造新成,绫软绵匀温复轻。
晨兴好拥向阳坐,晚出宜披踏雪行。
鹤氅毳疏无实事,木棉花冷得虚名。
宴安往往叹侵夜,卧稳昏昏睡到明。
百姓多寒无可救,一身独暖亦何情!
心中为念农桑苦,耳里如闻饥冻声。

争得大裘长万丈，与君都盖洛阳城！

（三）退休后仍关心百姓疾苦

退休后，七十三岁的白居易居住在洛阳，看到洛阳的伊水河流经龙门河段水流急速又有很多礁石，礁石尖锐锋利，许多商船经过时经常划破船底而沉没，冬天河水下降，船夫不得不光着脚下水拉船，因天冷船夫冻得嗷嗷直叫。白居易看在眼里、疼在心里，他施舍家财，联合慈悲为怀的和尚道士雇人把险滩的礁峭石磙掉，从而疏通了洛阳龙门的险滩，商船可以通行无阻，直至今日，当地百姓还盛赞着白居易的这一善举。石滩修葺完成后，白居易作有《开龙门八节石滩诗二首并序》之诗留念，诗中反映出他“达则兼济天下”的人生观：

东都龙门潭之南，有八节滩、九峭石，船筏过此，例反破伤。舟人楫师，推挽束缚，大寒之月，裸跣水中，饥冻有声，闻于终夜。予尝有愿，力及则救之。会昌四年，有悲智僧道遇，适同发心，经营开凿，贫者出力，仁者施财。於戏！从古有碍之险，未来无穷之苦，忽乎一旦尽除去之，兹吾所用适愿快心，拔苦施乐者耳！岂独以功德福报为意哉？因作二诗，刻题石上，以其地属寺，事因僧，故多引僧言见志。

其一

铁凿金锤殷若雷，八滩九石剑棱摧。
竹篙桂楫飞如箭，百筏千艘鱼贯来。
振锡导师凭众力，挥金退傅施家财。

他时相逐四方去，莫虑尘沙路不开。

其二

七十三翁旦暮身，誓开险路作通津。

夜舟过此无倾覆，朝胫从今免苦辛。

十里叱滩变河汉，八寒阴狱化阳春。

我身虽殁心长在，暗施慈悲与后人。

白居易的为民情怀给我们的启示是，要深刻理解水可载舟亦可覆舟的哲理。我们的根基在人民，人民群众是我们的衣食父母，要坚持把人民群众的利益放在首位，金杯银杯不如老百姓的口碑，金奖银奖不如老百姓的夸奖。常思参加工作为了什么，职务升迁后干些什么，将来身后留些什么，常想“吏禄三百石，岁晏有余粮。念此私自愧，尽日不能忘”，任何时候都不要脱离群众，始终与人民群众同呼吸，共命运，心连心，全心全意为人民服务。

三、白居易的真诚交友：我寄人间雪满头

白居易对朋友是真诚的，交友时是真心的。特别是他与元稹超越生死的友谊，两人同事不过六年，相交三十年，终生不悔，至死不移。“君埋泉下泥销骨，我寄人间雪满头”，感动了千万后人，现在读来仍令人心潮澎湃，念兹故人，泪水涟涟。宋代文人杨万里对此有这样的感慨：“读遍元诗与白诗，一生少傅重微之。再三不晓渠何意，半是交情半是私。”

曾担任中唐宰相近二十多年的裴度与元稹有隙，可白居

易与裴度相交至深，晚年时，白居易常与裴度诗酒唱和，你问我答，促膝开怀，成为一段佳话。

白居易与刘禹锡肝胆相照，经常烧酒待人，饮诗长笑：“蜗牛角上争何事，石火光中寄此身。随富随贫且欢乐，不开口笑是痴人。”“前日君家饮，昨日王家宴。今日过我庐，三日三会面。当歌聊自放，对酒交相劝。为我尽一杯，与君发三愿。一愿世清平，二愿身强健。三愿临老头，数与君相见。”

白居易交友甚广，据不完全统计，白居易近三千首诗词中提到有名姓的好友达一百五十人之多。

白居易的人品和他的诗文一样平实，不尚虚夸，不愧为现实主义诗人，不像浪漫主义诗人李白那样“白发三千丈”“疑是银河落九天”“一射两虎穿，转背落两鸢”“十步杀一人，千里不留行”。

唐朝有一个风气，人去世后必须要请一位名人写墓志铭。《容斋续笔》卷六载：“长安中争为碑志，若市贾然。”也就是说，写墓碑的人数超出了市场需求，卖方市场变成了买方市场。作为“唐宋八大家”之首的韩愈是文章泰斗，谁能与他争锋，得了润笔费，自然要作出一些“谀墓”文字来，为他人歌功颂德，树碑立传。当时，写墓志铭收费极高，韩愈是当时有名的写墓志铭的专家，请这样的名人写墓志铭，是对仙逝之人的感情寄托，更是一种身份象征。豪门望族都重金礼聘韩愈来写碑志。

唐朝侠士刘义出身卑微，身高力大，是杀牛宰猪、网罗鸟雀、行侠仗义的市井侠士。他在《偶书》中写道：“日出扶桑一丈高，人间万事细如毛。野夫怒见不平处，磨损胸中万古刀。”他听说韩愈喜结天下才士便去投奔，遂成韩门弟子。《新唐书·韩愈传》附刘义传记载：“后以争语不能下宾客，因持愈金数斤去。”并曰：“此谀墓中人得耳，不若与刘君为寿。”意思是说，韩老师写墓志铭吹捧死人得来的钱，还不如给我刘某人当生活费呢。

刘禹锡有诗总结了韩愈写墓志的收入：“三十余年，声名塞天，公鼎侯碑，志隧表阡，一字之价，辇金如山。”韩愈一生为他人作碑文六十五篇，所得财货之多可想而知。

元稹的母亲去世后，白居易就为老夫人写了一篇《墓志铭》，开头简单介绍元母的出身，再写作为人的女儿如何做，再写作为人的妻子如何做，再写作为人的母亲如何做，三个阶段都有很好的表现，品德完美，语言朴实，情真意切，于平凡中见伟大。

白居易真诚交友给我们的启示是：古人说得好：有三种有益的朋友，有三种有害的朋友。同正直的人交朋友，同诚实的人交朋友，同见多识广的人交朋友，这是有益的；同阿谀奉承的人交朋友，同当面恭维、背后诽谤的人交朋友，同花言巧语的人交朋友，这是有害的。在工作生活中要注意辨析，慎交友，交诤友，用“亲清”法则搞好朋友关系。做人不一定风风光光，但一定要堂堂正正；处事不一定要尽善尽美，但一定要问心无愧。与智者为伍，与善良者同行，以真诚的心对待身边每一个人，以感恩的心珍惜所拥有的一切。

四、白居易的辨才方法：辨材须待七年期

十年树木，百年树人。培养人才难，辨别人才真伪更难，白居易用两首七言律诗教给我们分辨方法。

放言五首

其一

朝真暮伪何人辨，古往今来底事无。
但爱臧生能诈圣，可知宁子解佯愚。
草萤有耀终非火，荷露虽团岂是珠。
不取燔柴兼照乘，可怜光彩亦何殊。

这首诗通篇都在议论说理，借助形象的比喻，把抽象的议论表现为具体的艺术形象。辨别真伪，最好的方法就是将两者放在一起对比。忠告当权者，要认清谁是忠臣、谁是奸臣，识人时要擦亮慧眼，辨明“是萤、是火”“是露、是珠”。究竟如何辨别，白居易再次告诉我们：

放言五首

其三

赠君一法决狐疑，不用钻龟与祝蓍。
试玉要烧三日满，辨材须待七年期。
周公恐惧流言日，王莽谦恭未篡时。
向使当初身便死，一生真伪复谁知？

这首诗的中心思想是要阐述这样一条真理：识人论事须经长久全面考察方能判断正确，识别一个人是不是忠诚，是不是真金，要用时间来回答，要用“大火”来炼烧。

毛泽东主席故居里有一本平装的《白香山集》，老人家在这首诗的字句上，画满了红笔的着重线。毛主席喜欢这首诗，是因为它道出了识别一个人真伪的道理。1972 年，在批判林彪阳奉阴违、最终原形毕露的丑恶面目时，主席又引用这首诗的后四句，用以说明，一个人错误的发展是有一定过程的，认识一个人是真革命还是假革命也是有一定过程的。

白居易的辨才方法给我们的启示是：在选用人才的过程中要坚持好干部标准，坚持德才兼备，以德为先，要把政治标准放在首位。考察干部时既要看其平时工作表现，更要看其关键时刻表现；既要听其嘴上怎么说，更要看其实际行动怎么做；既要看其在大庭广众之下被监督时的表现，也要看其独自行动无人监督时的动作；既要短时间观察，更要长时间识别。

五、白居易的自然法则：输赢须待局终头

白居易在他的诗作中，告诉我们许多自然法则：事物的发展是充满矛盾的，矛盾在一定条件下是相互转化的；事物是永远运动的而不是静止的，运动是绝对的，而静止是相对的；事物的发展是有一定规律的，在发展过程中新事物必然战胜旧事物，新事物必定代替旧事物。

“世途倚伏都无定，尘网牵缠卒未休。祸福回还车轮毂，

荣枯反覆手藏钩。龟灵未免刳肠患，马失应无折足忧。不信请看弈棋者，输赢须待局终头。”（《放言五首·其二》）塞翁失马安知祸福，福兮祸所依，祸兮福所存，弈棋不到最后怎么知道谁输谁赢。这首诗告诉人们一着不慎满盘皆输的道理。

“谁家宅第成还破，何处亲宾哭复歌？昨日屋头堪炙手，今朝门外好张罗。北邙未省留闲地，东海何曾有顶波。莫笑贱贫夸富贵，共成枯骨两何如？”（《放言五首·其四》）世界就在这运动变化中发展前进。人生的富贵也是相互转换的，所以绝不能因为自己的一时荣耀就趾高气扬，看不起别人。这首诗教育人们要正确地认识人生和社会，低调做人，踏实做事。

“泰山不要欺毫末，颜子无心羡老彭。松树千年终是朽，槿花一日自为荣。何须恋世常忧死，亦莫嫌身漫厌生。生去死来都是幻，幻人哀乐系何情。”（《放言五首·其五》）新陈代谢是宇宙的根本规律，是不以人的意志为转移的。有生必有死，人也概莫例外。要正确看待人生，树立正确的人生观，在任时要多为老百姓办实事，为国家多作贡献，免得留下遗憾。

白居易的自然法则给我们的启示是：无论干什么工作都要遵守客观规律，承认事物是矛盾的统一体；要以辩证、发展的观点看问题，工作中要抓住主要矛盾，突出工作重点，统筹兼顾；既要注重量的积累，也要注重质的转化，更要深刻理解马克思主义唯物辩证法的三大规律。任何新事物的诞生，开始时都是弱小的，我们所要做的就是爱护并扶持新生事物的发展，促其健康成长，发展壮大。

六、白居易的知足常乐：饥餐乐饮安稳眠

人生开口笑，知足就常乐。白居易给自己取名乐天，乐天来自《易经》里的一句话："乐天知命故无忧。"意思是说顺应天命就没有忧虑，这是诗人随遇而安的外在表现。

但白居易人生观的转变也受到后代人的无情批判，代表人物主要是南宋的理学家、哲学家、一代大儒朱熹。朱熹在给他的学生谈话时说：白居易这个人迷恋官位，明哲保身，是个伪君子，每谈到富贵时"口津津地涎出"，意思是说口水就会流出来。下面我们剥茧抽丝，看看白居易是不是这样。

（一）关于白居易是不是在乎官职

从他的诗文中看，白居易确实有点在乎官职。晚年他在给曾任宰相的李程的一首诗中说："引棹寻池岸，移尊就菊丛。何言济川后，相访钓船中。白首故情在，青云往事空。同时六学士，五相一渔翁。"元和初年我们六个翰林学士，你们五人后来都当上了宰相，而我只是一个小官，还是留守洛阳的分司官。但白居易只是在自己的老朋友面前，发发感慨而已。白居易在《李留守相公》诗序言中说：李相公来访，我们一起泛舟于湖中，边饮酒边攀谈，不知不觉中提起了当年在京城做翰林学士时的旧事，感慨万千，于是作了这篇四韵的律诗。诗句中白居易所说"五相一渔翁"，五位宰相是指裴垍、王涯、杜元颖、崔群和李绛。

一个人进入仕途，对自己职务升迁的快慢总是要考虑的、在乎的，这是人之常情，本来也无可厚非。

关键是职务升迁后干了些什么，这是衡量一个官员好坏的主要标志。当官后，如果贪污受贿、违法乱纪，就是一个贪官；如果什么事也不办，对老百姓冷暖漠不关心，就是一个庸官；如果一切从老百姓的利益出发，为民办实事、好事，就是一个好官。

从白居易仕途整个政治表现看，他在朝廷时积极谏言，为国尽忠，任职地方后为民办事，不仅没有贪污受贿，谋取私利，还把多余的俸禄捐给杭州公库。朱熹的批评有点过分。

（二）关于白居易是不是明哲保身

正像白居易在《与元九书》告诉世人的一样：不见用的时候就只顾自我修养，见用的时候就要为天下人造福，我虽然不贤，也常常以这两句话为师。大丈夫所坚守的是圣贤的大道，所等待的是时机，时机到来，就是作云的龙，搏风的鹏，生气勃勃，勇往直前，时机不来，就是深山的豹，远空的鸿，安安静静，引身而退，仕进退隐，往何处而不怡然自乐呢。因此，我的志向是进可以造福于天下，退可以提升自我修养。白居易是这样说的，也是这样做的。

从上面分析可以看出，白居易在元和年间确实勇敢上疏，不怕杀头，被贬谪江州后，对时弊的评论似乎也不那么积极了，那是在等待机会。

白居易在长庆元年（821 年）十月调任中书舍人后，和贾竦等复试应举考生，每逢遇到关于文字的职务他都首当其选，力排众议，虽多遭排斥，但仍坚守正道。

唐穆宗时，河溯再次发生动乱，白居易仍不改初心，多次上疏平叛，虽未被采纳，但他敢于直谏的精神可谓忠勇可嘉。

鲁迅先生在《记念刘和珍君》一文中说："真的猛士敢于直面惨淡的人生，敢于正视淋漓的鲜血。"但话又说回来，必须走向刑场、杀身成仁才算猛士吗？白居易遭贬后仍然心系百姓，生命尚存，为国尽忠，难道这不是猛士吗？

因"甘露之变"被杀的宰相王涯，没有参与"甘露之变"，表面上与李训、郑注他们划清了界限，暗里相合，最后还是没有逃脱身死的厄运，王涯算不算真正的猛士？反而王涯的行为为后代人所不齿。新旧唐书记载，王涯积家财万计，被腰斩后，军士、市井中人冲入他的家中任取财物，竟一天都取之不尽，一生收集的古玩、书画藏于房屋夹层，被人破垣取出，把用来装饰书画的金银玉轴都拿走了。假如王涯也参与其中，很有可能"甘露之变"会成功，宦官专权的状况会得到彻底改变。朱熹为此所作的结论未免失之偏颇。

(三)关于白居易是不是爱财

白居易做官从壮年到老年，俸禄数目确实都记录在他的诗歌中。他在任校书郎时，有诗写道："俸钱万六千，月给亦有余。"

在任盩厔县尉时，写诗道："吏禄三百担，岁晏有余粮。"

担任左拾遗时，有诗写道："月渐谏纸二千张，岁愧俸钱三十万。”

兼任京兆府户曹时，有诗写道：“俸钱四五万，月可奉黄昏。廪禄二百石，岁可盈仓囷。”

被贬为江州司马时，有诗云：“岁廪数百石，月俸六七万。”

白居易任杭州刺史期满后，离开之前，便写诗道：“移家入新宅，罢郡有余资。”

任苏州刺史时，写诗道：“十万户州尤觉贵，二千石禄敢言贫？”

他在洛阳履道里买下了一套占地十余亩的宅院，自称是：“游宦京都二十春，贫中无处可安贫。”

后任太子宾客，分司东都洛阳，写诗道：“俸钱八九万，给受无虚月。”“嵩洛供云水，朝廷乞俸钱。”“老宜官冷静，贫赖俸优饶。”“官优有禄料，职散无羁縻。”“官衔依口得，俸禄逐身来。”

担任河南府尹，写诗道：“厚禄如何用，闲居不可忘。”

被任命为同州刺史，没有赴官，有诗写道：“诚贪俸钱厚，其如身力衰！”

担任太子少傅，写诗道：“月俸百千官二品，朝廷雇我作闲人。”“又问俸厚薄，百千随月至。”“七年为少傅，品高俸不薄。”

后来他年老致仕，又写诗道：“全家遁此曾无闷，半俸资身亦有余。”“俸随日计钱盈贯，禄逐年支粟满囷。”“寿及七十五，俸占五十千。”其他泛泛而谈说：“历官凡五六，禄俸及妻孥。”“料钱随官用，生计逐年营。”“形骸僶俛班行内，骨肉勾留俸禄中。”

白居易在诗中还提到其他人的俸禄。比如谈到陕州王司马,有诗写道:“公事闲忙同少尹,俸钱多少敌尚书。”刘禹锡被免去太子宾客一职,改任秘书少监,俸禄额差不多,白居易写道:“日望挥金贺新命,俸钱依旧又如何!”感叹洛阳、长水(今河南洛宁西南)两位县令时,有诗写道:“朱绂洛阳官位屈,青袍长水俸钱贫。”他有一首《达哉乐天行》诗写道:“先卖南坊十亩园,次卖东郭五顷田。然后兼卖所居宅,仿佛或缗二三千。但恐此钱用不尽,即先朝露归夜泉。”

针对白居易诗句写到的俸禄问题,南宋的龙图阁学士洪迈在《容斋随笔》一书评论道:我详细阅读了他的诗集,从这些诗歌中可以看出,白居易为官清廉,家里并没有多余的钱财。后来的仁人君子若是能品味一下这些诗句,即使是每天都饮贪泉之水,也会考虑一下自己该怎么做人了。白居易一生就是这样清贫廉洁!

下面再看看白居易在实际行动中是如何表现的。

白居易任忠州刺史时,把修建自己房屋的钱拿出来,为州民修路、修桥,离任杭州刺史时,把多余的薪水都捐给了公库,在分司东都洛阳时,拿出六七万钱重修香山寺,在退休后领取半薪的情况下还自掏腰包疏通八节滩河道。

由此我们可以得出结论:白居易不爱财!朱熹如此评价白居易,是不是有意在诽谤他?作为理学家的代表人物,按照宋朝的标准、规范,这样评论,也有他的道理。宋朝是一个重文轻武的朝代，当时南宋以朱熹为代表的儒学家认为：作为一个官员，代表着国家形象，担负教化一方百姓之重任，要经常讲仁政、仁义，不能整日张口闭口都谈钱。

西晋时期有一个大官僚王衍“口不言钱”故事，有一次他睡着后，他的妻子郭氏用钱把它围起来，王衍早晨睡醒后马上把家人召集过来说“举却阿堵物”，就是把这个东西拿开的意思，还是不言钱。其实王衍的妻了郭氏依仗和皇后贾南风的亲戚关系、王衍在朝中的大权，不遗余力地贪得，干预朝廷官员任免。《世说新语》曾记载“王衍妻郭氏聚敛无厌，干预人事”。李阳是西晋驻扎在幽州的刺史，是名震京师的大侠士，郭氏平时最惧怕他，有时王衍对妻子郭氏的贪婪确实看不下去了，就告诉郭氏“李阳也知道你敛财的事了”，郭氏就开始有所收敛，一段时间后继续如此。

王衍去世几十年后，东晋大将桓温北伐，他登楼远眺，感慨地说：“国土失陷，中原百年来成为一片废墟，王夷甫（王衍）等人推脱不了他们的罪责。”

王衍“口不言钱”是君子吗？他纵容妻子郭氏贪财，卖官鬻爵，他才是真正的“伪君子”。

（四）关于白居易是不是知足快乐

陈寅恪在《元白诗笺证稿》中论述白居易：“皆取不如己者以为比较，可谓深得知足之妙谛矣。而‘忘荣知足委天和’一语，尤可注意也。”然后进一步论述：“所谓等级，乃比较而得之者。既知有等级之分，则已身所处不在最下一级，仰瞻较上之级，虽觉不如，而俯视较下之级，则犹胜于彼。因此无羡于较上之级者，自可知足矣。若能知足，则可不辱，此乐天一生出处进退安身立命所在之理论，读其作品，不可不知也。故持此义，以观其诗，则愈易了解。”

春有百花秋有月，夏有凉风冬有雪。若无闲事挂心头，便是人间好时节。

白居易晚年远离世事纷争，达哉乐天行，倾情于山水，醉吟于朋友之间，心情豁达，在比下有余中寻找快乐。这在他的《达哉乐天行》和《醉吟先生传》中都有体现：

达哉乐天行

达哉达哉白乐天，分司东都十三年。
七旬才满冠已挂，半禄半及车先悬。
或伴游客春行乐，或随山僧夜坐禅。
二年忘却问家事，门庭多草厨少烟。
庖童朝告盐米尽，侍婢暮诉衣裳穿。
妻孥不悦甥侄闷，而我醉卧方陶然。
起来与尔画生计，薄产处置有后先。
先卖南坊十亩园，次卖东郭五顷田。
然后兼卖所居宅，仿佛获缗二三千。
半与尔充衣食费，半与吾供酒肉钱。
吾今已年七十一，眼昏须白头风眩。
但恐此钱用不尽，即先朝露归夜泉。

未归且住亦不恶，饥餐乐饮安稳眠。
死生无可无不可，达哉达哉白乐天。

醉吟先生传

醉吟先生者，忘其姓字、乡里、官爵，忽忽不知吾为谁也。宦游三十载，将老，退居洛下。所居有池五六亩，竹数千竿，乔木数十株，台榭舟桥，具体而微，先生安焉。家虽贫，不至寒馁；年虽老，未及昏耄。性嗜酒，耽琴淫诗，凡酒徒、琴侣、诗客多与之游。

游之外，栖心释氏，通学小中大乘法，与嵩山僧如满为空门友，平泉客韦楚为山水友，彭城刘梦得为诗友，安定皇甫朗之为酒友。每一相见，欣然忘归，洛城内外，六七十里间，凡观、寺、丘、墅，有泉石花竹者，靡不游；人家有美酒鸣琴者，靡不过；有图书歌舞者，靡不观。自居守洛川洎布衣家，以宴游召者亦时时往。每良辰美景或雪朝月夕，好事者相遇，必为之先拂酒罍，次开诗筐，诗酒既酣，乃自援琴，操宫声，弄《秋思》一遍。若兴发，命家僮调法部丝竹，合奏霓裳羽衣一曲。若欢甚，又命小妓歌杨柳枝新词十数章。放情自娱，酩酊而后已。往往乘兴，屦及邻，杖于乡，骑游都邑，肩舁适野。舁中置一琴一枕，陶、谢诗数卷，舁竿左右，悬双酒壶，寻水望山，率情便去，抱琴引酌，兴尽而返。如此者凡十年，其间赋诗约千余首，岁酿酒约数百斛，而十年前后，赋酿者不与焉。

妻孥弟侄虑其过也，或讥之，不应，至于再三，乃曰："凡人之性鲜得中，必有所偏好，吾非中者也。设不幸吾好利而货殖焉，以至于多藏润屋，贾祸危身，奈吾何？设不幸吾好博弈，一掷数万，倾财破产，以至于妻子冻馁，奈吾何？设不幸吾好药，损衣削食，炼铅烧汞，以至于无所成、有所误，奈吾何？今吾幸不好彼而目适于杯觞、讽咏之间，放则放矣，庸何伤乎？不犹愈于好彼三者乎？此刘伯伦所以闻妇言而不听，王无功所以游醉乡而不还也。"遂率子弟，入酒房，环酿瓮，箕踞仰面，长吁太息曰："吾生天地间，才与行不逮于古人远矣，而富于黔娄，寿于颜回，饱于伯夷，乐于荣启期，健于卫叔宝，幸甚幸甚！余何求哉！若舍吾所好，何以送老？因自吟《咏怀诗》云：

抱琴荣启乐，纵酒刘伶达。放眼看青山，任头生白发。

不知天地内，更得几年活？从此到终身，尽为闲日月。

吟罢自晒，揭瓮拨醅，又饮数杯，兀然而醉，既而醉复醒，醒复吟，吟复饮，饮复醉，醉吟相仍若循环然。由是得以梦身世，云富贵，幕席天地，瞬息百年。陶陶然，昏昏然，不知老之将至，古所谓得全于酒者，故自号为醉吟先生。于时开成三年，先生之齿六十有七，须尽白，发半秃，齿双缺，而觞咏之兴犹未衰。顾谓妻子云："今之前，吾适矣，今之后，吾不自知其兴何如？"

白居易在《醉吟先生传》中自豪地总结了五条胜过别人之处：

一是尤富于黔娄。黔娄是战国时齐国的隐士，家中甚贫，死时衣不蔽体。白居易说，黔娄死后，贫穷到连盖住尸体的被子都找不到，黔娄没有我富有。

二是尤寿于颜回。颜回，字子渊，孔子的得意弟子，有德行，三十二岁不幸早卒。白居易已经六十七岁了，还能喝酒、游玩、作诗，身体也比较健康，所以白居易说，我比颜回长寿。

三是尤饱于伯夷。伯夷，商末孤竹君长子，因反对周武王，不食周粟，跑到山里躲起来，靠采摘野果、采挖野菜充饥，最后活活饿死。白居易说他比伯夷吃得饱。

四是尤乐于荣启期。荣启期，春秋时期人，经常鹿裘带索，鼓琴而歌。孔子问他为什么那么快乐，他说："吾乐甚多，天生万物，唯人为贵，我得为人，一乐也；男女之别，男尊女卑，吾得为男，二乐也；人生有不见日月，不免襁褓者，吾行年九十矣，三乐也。"白居易认为荣启期的三乐是一般性的快乐，自己除具备荣启期一般快乐之外，还比荣启期富有，还有优游山水之乐、醉饮和诗之乐、仕途进阶之乐等等。

五是尤健于卫叔宝。卫叔宝，西晋卫玠，字叔宝，是位美男子，生得明珠玉润，花一样娇粉。他走在洛阳街上，一群人都跟着观看，有时还造成街道拥挤，最后二十七岁就被人活活看死了（实因身弱病重而死）。白居易说他比卫叔宝更健康。

经过白居易的五比，总比别人优越，总比别人幸运，可以说大获全胜。白居易常常比下，他怎么会不知足？怎么会不快乐呢？

南宋洪迈在《容斋随笔·三笔》卷第六第一则记述白居易乐天知命的思想境界："江州琵琶亭，下临江津，国朝以来，往来者多题咏，其工者辄为人所传。淳熙己亥岁，蜀士郭明复以中元日至亭，赋《古风》一章，其前云：'白乐天流落浦湓，作《琵琶行》，其放怀适意，视忧患死生祸福得丧为何物，非深于道者能之乎？贾傅谪长沙，抑郁致死，陆相窜南宾，屏绝人事，至从狗窦中度食饮，两公犹有累乎世，未能如乐天逍遥自得也。予过九江，维舟琵琶亭下，为赋此章。''香山居士头欲白，秋风吹作湓城客。眼看世事等虚空，云梦胸中无一物。举觞独醉天为家，诗成万象遭梳爬。不管时人皆欲杀，夜深江上听琵琶。贾胡老妇儿女语，泪湿青衫如著雨。此公岂作少狂梦，与世浮沉聊尔汝。我来后公三百年，浔阳至今无管弦（公诗有"浔阳地僻无音乐"之句）。长安不见遗音寂，依旧匡庐翠扫天。'郭君，成都人，隆兴癸未登科，仕不甚达。但贾谊自长沙召还，后为梁王傅乃卒，前所云少误矣。吾州余干县东干越亭有琵琶洲在下，唐刘长卿、张祜辈，皆留题。绍兴中，王洋元勃一绝句云：'塞外烽烟能记否，天涯沦落自心知。眼中风物参差是，只欠江州司马诗。'真佳句也！"

南宋洪迈又在《容斋随笔·三笔》卷第十二《人当知足》中忠告世人：我大略查看了本朝以来的历史，有许多名卿伟人，因负一时重望而未能跻身要职，委以重任。如杨亿、孙奭、李因、刘筠、宋祁、范镇、滕甫、苏东坡、范祖禹、曾肇、蔡襄、孙觉等，有的中年就辞官归隐，有的被贬谪他地，有的没有田地无法饱腹，有的连住的房子都没有。我就朗读白居易的《初授左拾遗诗》回答他们："奉诏登左掖，束带参朝议。何言初命卑，且脱风尘吏。杜甫陈子昂，才名括天地。当时非不遇，尚无过斯位。"白居易那种安逸知足的的心态，终身未曾改变。真乃人当知足乐常在。

白居易的快乐观给我们的启示是：人生快乐就在每个人的心里，看你是否能够发现。人活在世上，永远都处于比上不足、比下有余的境地，假如你的眼睛总盯着上面，你永远不会快乐。常思知足，常戒贪心，不高攀，不比上，不为名所累，不为利追逐。人生短暂，譬如朝露，何必整日为一些小事自寻烦恼。心若计较一生都在埋怨，心若放宽处处都是春天。希望每一个人都要放宽心胸，把人想得善良，把事看得美好。送人玫瑰，手留余香，帮别人就是帮自己，点亮一盏灯既方便了别人又方便了自己。多做有益于别人的事，心存善良，就会心底无私天地宽。

白居易是中唐诗人的代表人物，他的诗文量大面广，博大深邃，我们所见只是管中窥豹，冰山一角而已。

如果读懂了他，你便读懂了这片古老土地上堆积的沧海桑田和那个时代舞台上上演的悲欢离合。

如果读懂了他，你便读懂了大唐从盛世走向衰落的历史变迁，并加深了对中国朝代更替深刻教训的理解。

如果用几句话概括白居易的一生，那就是心存善良，交友真诚，为官尽责，诗词轻俗，知足常乐。

也许我们品读得不够全面，也许评论中还有很多错误，甚至也许没有资格品评这样一位千古诗人，也许还有也许……

但有一点是可以肯定的，那就是白居易确实是我国最伟大的诗人之一，他和他的诗文已融入中华民族优秀传统文化的历史长河，奔流不息。他属于中国，更属于世界……

白居易和他的诗文不会随着历史的变迁随风而去，滚滚向前的伟大时代也不会凭空而来。

千百年之后，也许我们的背影都已经远去，白居易和他美丽诗文的绝代风华仍会在人世间永恒流传……

白居易和他的诗文将永远活在后代人心中。

后　记

为写作《品读白居易》一书，我们泛舟于美丽西湖，行船在山塘河、伊河中央，那波光粼粼的浪花似乎在讲述着诗人的动人故事……

我们徜徉在白沙堤的绿荫里，进出于阊门内外，行走在龙门青石板，攀登在香山石阶之间，游览于香火缭绕的香山寺，追寻诗人的脚步，感念诗人的凛凛风骨……

我们曾三下洛阳，拜谒白园，缅怀这位诗歌巨匠，拜访诗人后人，聆听诗人轶事点滴，沉思在履道里故居遗址，寻找竹数千竿，乔木数十株，台榭舟桥……

为编写好《品读白居易》一书，我们翻阅新旧唐书，涉猎有关的人和事，咀嚼有关诗歌文集，观赏相关影视，聆听讲座，阅读评论，探讨争鸣，详察资料，吸收经验，汲取养分，借鉴为用……

为使《品读白居易》一书精细化，特请曹县第一中学高级语文教师张立同志进行精准圈点，拜访诗人后人——中国洛阳白居易研究会会长白振修先生，委托其作序。会长先生翻阅拙作，欣然命笔，并对有关章节提出了指导性修改意见，在此一并深表谢意。

《品读白居易》一书，虽数易其稿，昼夜修正，仍心存惮惮。缘由笔者水平有限、阅历尚浅，错误、疏漏之处在所难免，敬请读者批评指正！

编者

2020年8月

主要参考资料

〔后晋〕刘昫等撰:《旧唐书》,中华书局1975年版。

〔宋〕欧阳修、宋祁等撰:《新唐书》,中华书局1975年版。

谢成名、张华:《唐诗宋词名句鉴赏辞典》,新疆人民出版社1999年版。

陈寅恪著,江奇勇选编:《元白诗笺证稿》,译林出版社2020年版。

严杰编选:《白居易集》,凤凰出版社2014年版。

〔宋〕洪迈著,王彝主编:《容斋随笔》,北京燕山出版社1997年版。

莫砺锋:《评说白居易》,安徽文艺出版社2010年版。

高旷道主编:《唐诗三百首鉴赏辞典》,知识出版社2007年版。

傅东华选注:《白居易诗》,中国文史出版社 2020 年版。

白高来、白振修:《白居易与洛阳》,银河出版社 2006 年版。

白坤堂、白振修:《白居易的洛阳缘》,白山出版社 2014 年版。

周留树主编:《毛泽东评点二十四史》,中国档案出版社 1999 年版。

薛泽石主编:《跟毛泽东学史》,红旗出版社 2000 年版。

〔南朝·宋〕刘义庆原著,于童蒙编译:《世说新语》,蓝天出版社 2007 年版。

《百家讲坛·诗歌故人心》,2019 年 4 月中山大学彭玉平教授主讲。

《百家讲坛·诗歌爱情》,2016 年 3 月中南大学杨雨教授主讲。